불편하지만
아이 키우는 데
문제없습니다

# 불편하지만 아이 키우는 데 문제없습니다

초판 1쇄 인쇄 2024년 04월 25일
1쇄 발행 2024년 05월 01일

지은이 백순심

펴낸이 우세웅
책임편집 강진홍
기획편집 김휘연
디자인 김세경

종이 페이퍼프라이스(주)
인쇄 (주)다온피앤피

펴낸곳 슬로디미디어
신고번호 제25100-2017-000035호
신고년월일 2017년 6월 13일
주소 경기도 고양시 덕양구 청초로66, 덕은리버워크 지식산업센터 A동 15층 18호

전화 02)493-7780
팩스 0303)3442-7780
전자우편 slody925@gmail.com(원고투고·사업제휴)
홈페이지 slodymedia.modoo.at
블로그 slodymedia.xyz
페이스북·인스타그램 slodymedia



ISBN 979-11-6785-192-5 (03810)



◈ 일러두기

1. 이 책에 등장하는 모든 인물의 이름은 가명입니다.
2. 이 책의 일부 내용은 『조선일보』 '오니피언', 영화 잡지 『프리즘오브(PRISM OF)』, 한국장애인고용공단 웹진 '장애인과 일터'에 수록되었습니다.
3. 이 책의 본문 내 표현은 국립국어원의 한글맞춤법과 외래어표기법을 따르되 관용적으로 굳어진 일부 용어에는 예외를 두었습니다.

백순심 지음

# 불편하지만 아이 키우는 데 문제없습니다

장애 부모가 마음 놓고
아이를 키울 수 있는 세상을 바라며

설렘

# | 추천사 |

백순심은 솔직한 사람이다. 엄마가 되길 바라는 자신이 큰 잘못을 저지른 사람 같았다며 쪼그라든 마음을 고백하고, 아이가 커서 장애 있는 엄마를 부인할까 봐 두려웠다고 말한다.

백순심은 어른스러운 사람이다. 장애 여성의 육아를 부적합하게 보는 편견을 지적하고, 좋은 부모가 되는 것과 장애는 별개라며 따끔한 목소리를 낸다.

백순심은 다정한 사람이다. 자신에게 주눅 들지 말라고 말해주는 멘토가 필요했던 경험을 바탕으로, 장애가 있는 엄마도 괜찮다고, 결코 책임감이 없는 일이 아니니 미리 겁먹지 말라며 예비 엄마에게 용기의 말을 건넨다.

무엇보다 백순심은 훌륭한 엄마다. 좋아하는 일을 즐기며 성장하는 모습으로 자녀에게 긍정적인 영향을 미치고 싶다는 포부를 밝히고, "아이들은 나에게 날마다 새로운 선물을 준다"라며 그들을 향한 온전한 사랑을 보인다. 이 책 한 권이 두 아이에 대한 사랑 고백으로 보인다.

나는 백순심의 전작에서 다름과 같음, 장애와 비장애, 동정과 배려, 편견과 이해에 대해 잘못 알고 있던 것을 올바르게 깨우쳤다. 이번 책 『불편하지만 아이 키우는 데 문제없습니다』에서도 좋은 엄마가 되기 위해서는 아이를 향한 사랑뿐 아니라 사회와 자신에 대한 책임감이 중요하다는 것을 배웠다. 우리 아이들이 살아갈 좀 더 나은 세상을 위해 이 책이 널리 읽히길 바란다.

**봉부아**(『다정함은 덤이에요』 저자)

# 머리말

우리 모두는 '아이'라는 선물을 받을 권리가 있다. 아이를 낳는 것에 자격이나 조건이 있을까? 두 사람이 결혼하면 아이를 낳을지 딩크족으로 살아갈지를 결정한다. 어떠한 결론을 내더라도 두 사람의 의견은 존중받아야 한다.

한 설문 조사에 따르면 '아이를 직접 양육하기 어려운 장애인 부부는 임신이나 출산하지 않는 것이 낫다'라는 생각에 응답자의 69.9퍼센트가 긍정적이었다고 한다.[1]

나는 많은 사람이 그렇게 생각하는 이유를 생각해보았다. 아이를 낳고 싶어 하는 장애인의 자기 결정권을 인정하지 않고, 장애 당사자의 욕구를 보편적으로 바라보지 않기 때문인 듯하다. 대부분의 비장애인은 결혼하면 아이를 낳아 기르는 것이 당연하다고 생각한다. 결혼 후 시간이 꽤 지나도 아이가 없으면 주변에서 아이를 기다린다.

반면 여성 장애인이 아이를 낳는 것에는 찬성하지 않는 사람이 많고, 차라리 아이가 생기지 않는 것이 다행이라고 여기는 사람도 있다. 그래서 장애 당사자는 출산에 관해 주체성이 결여되어 있고, 다른 이들의 부정적인 인식 때문에 눈치를 본다.

또한 우리 사회는 엄마가 아이를 키워야 한다는 인식이 남아 있기에, 여성 장애인은 자신이 전적으로 혼자서 키우지는 못할 것이라는 부담감에 출산을 포기하는 경우가 많다.

이러한 이유 때문에 여러 장애 여성이 출산을 망설인다. 운 좋게도 나는 자연스럽게 가사를 분담하는 남편을 만났기에 육아를 함께할 수 있을 거라는 믿음이 있었다. 또한 띠동갑 동생 덕분에 육아 맛보기를 해본 경험이 있어서 크게 겁나지 않았다. '닥치면 다 한다'라고 생각했다. 물론 아이를 낳고 보니 상상할 수 없을 정도로 힘들었던 건 사실이다. 육아는 장애 여부를 떠나 모든 양육자에게 힘든 일이다.

나는 자녀 계획과 관련하여 다른 사람들의 의견보다는 엄마가 되고 싶다는 나 자신의 강한 욕구에 따랐다. 다른 사람들은 이런 나를 무모하다고 생각했을 수도 있다. 많은 이가 장애인은 아이를 낳아서 키우는 것이 부적절하다는 프레임을 씌우고 바라보기 때문이다.

물론 장애 부모가 비장애 부모보다 아이를 낳아 기르는 것이 힘든 것은 사실이다. 그러나 '힘듦'과 '안 된다'는 엄연히 다르다. 장애인이 부모가 되는 것은 당사자의 선택이다.

장애인이 아이를 낳는 것은 단지 부모가 된다는 사실을 뛰어넘어 자아실현이며, 사회적 역할을 수행하는 의미가 있다. 내가 생애 주기에 따라 결혼하고 아이를 낳기로 선택하면서 다른 이들의 시선에 따르지 않고 내 의지대로 했다는 사실이 내게는 큰 의의가 있다.

아침에 아이들을 깨우기 위해 아이들 방으로 간다. 자는 모습을 보고 있으면 낳기를 잘했다는 생각이 든다. 아이들은 나에게 날마다 새로운 선물을 준다. 누구든 그것을 누릴 자격을 선택할 권리가 있다. 만약 장애 당사자가 아이를 원하지만 장애 때문에 사회적 인식이 좋지 않거나 자신감이 없어서 주저한다면 미리 포기하지 않으면 좋겠다.

아이 돌봄 서비스가 보편적 정책이 되어가는 추세다. 사회제도가 장애 부모의 출산과 양육을 잘 뒷받침한다면 장애인이 부모가 되는 것에 큰 부담을 갖지 않을 수 있다. 또한 다른 사람들도 장애인이 부모가 되는 것을 자연스러운 현상으로 바라보게 된다.

나는 출산과 양육을 망설이는 예비 장애 부모에게 당신은 아이를 키우는 것에 무능력하지 않고 사회적 뒷받침이 없는 것뿐이라고 말해주고 싶다. 예비 장애 엄마에게는 이렇게 말하고 싶다. 엄마의 삶을 원한다면 힘들고 어렵지만 엄마로 살아보라고, 장애가 있는 엄마도 괜찮다고, 결코 책임감 없는 일이 아니라고, 그러니 미리 겁먹지 말라고.

장애로 인해 엄마의 삶을 포기하는 일은 없으면 좋겠다. 그 길을 막을 자격은 누구에게도 없다. 장애 여성들도 환경이 제대로 갖춰지면 충분히 아이를 키울 수 있다. 장애 때문에 한계가 있으면 도움을 받으면 된다고, 육아법은 정해진 것이 없으므로 스스로 터득한 방법으로 길러도 된다고, 잘 키워내야 한다는 강박을 버려도 된다고 말해주고 싶다.

결혼하고 싶다는 간절한 바람을 이루게 해준 남편, 그리고 '엄마'라는 꿈을 이루게 해준 두 아들에게 고마움을 전한다. 이 고백이 나에게서 끝나는 것이 아니라 모든 장애 부모의 고백이 되기를 바란다.

백순심

차례

## 1. 조금 다른 엄마의 이야기

## 2.
## '다름'을 알려주는 엄마

# 1

# 조금 다른 엄마의 이야기

## 우리 아들, 어디 갔지?

지금은 우리 시설에 거주하지 않지만 몇 년 전까지 어느 모자가 함께 산 적이 있다. 두 분은 지적장애인이다. 성별이 달라서 생활하는 공간은 달랐다. 두 분이 만날 수 있는 시간은 식사 및 프로그램 시간이나 일과가 끝난 후 산책할 때였다.

아들 성호 씨가 시설 대표로 축구 대회에 참가하느라 3박 4일간 외출한 적이 있다. 어머니 영애 씨는 식사 시간이나 프로그램 시간에 아들이 보이지 않자 자그마한 목소리로 "우리 아들, 어디 갔지?" 하며 시설 안팎을 애타게 찾아다녔다. 그 모습을 보는 우리가 안타까워서 성호 씨는 축구 대회에 나갔다고 말했지만 계속 아들을 찾았다.

한번은 내가 영애 씨 도우미로 함께 외출했다. 나는 장난을

치며 "영애 씨, 성호 씨가 내가 좋다는데 결혼해도 돼요?" 하고 물어봤다. 그랬더니 영애 씨는 한 치의 망설임도 없이 "그건 안 된다"라고 말했다. "내가 며느릿감으로 마음에 들지 않나요?"라고 물으니 "그렇다"라고 했다. 나는 요리도 잘 못하고 정리 정돈도 깔끔하게 하지 못한다. 영애 씨가 생각하는 며느릿감의 기준에 못 미칠 수도 있겠다는 생각이 들었다. 충분히 이해가 되었다.

성호 씨는 어머니와 외출할 때 도우미 선생님이 있어도 자신이 보호자라고 생각하며 살뜰히 챙겼다. 하지만 때로는 어머니에게 장애가 있다는 사실이 부끄러워서 외면하기도 했다. 두 마음은 부모에게 장애가 있으면 자식으로서 가질 수 있는 자연스러운 마음이다.

어느 날 영애 씨는 큰아들이 사는 시설로 전원을 했다. 성호 씨는 아쉬워했지만 형의 뜻에 따르기로 했다. 떨어져 살게 되었지만, 성호 씨는 어버이날이나 어머니 생일이 다가오면 담당 선생님께 요청하여 어머니 계시는 곳에 다녀오기도 했다. 그렇게 성호 씨는 자신이 할 수 있는 범위 내에서 자식 도리를 다했다.

영애 씨는 그로부터 몇 년 후 돌아가셨다. 그리고 성호 씨가 사는 곳 근처로 모셔졌다. 성호 씨는 어버이날이 오면 납골당으로 어머니를 찾아뵈었다. 영애 씨는 며칠이라도 아들이 보이지 않으면 궁금해했는데, 이제 납골당에서만 볼 수 있는 자식의 소식이 얼마나 궁금할까.

김현아 작가의 책 『나는 간호사, 사람입니다』에는 지적장애가 있는 산모가 등장한다. 산모의 아이는 곧 입양 기관으로 가기로 예정되어 있었다고 한다. 간호사는 아이 얼굴을 기억하라며 지적장애가 있는 엄마에게 아기 사진을 주었다. 산모가 퇴원한 후 침대를 정리하던 간호사는 그녀가 흘린 아기 사진을 발견했다. 사진 속 아기의 입 주변에는 밥풀이 묻어 있었다고 한다. 아이가 배고플까 봐 밥을 주고자 했던 엄마의 마음이 느껴져 눈물이 왈칵 쏟아졌다.

이 책을 보면 장애가 있다고 해서 모성애가 없는 것이 아님을 알 수 있다. 나는 이 부분을 읽으면서 영애 씨를 생각했다. 영애 씨가 성호 씨를 챙기는 모습에서는 진한 모성애가 느껴졌다. 성호 씨 또한 엄마를 살뜰히 챙기면서 자식의 도리를 다하는 것은 누구에게도 뒤지지 않았다.

일부 사람들은 장애인은 자식에게 관심이 없고 부모를 챙기지 않을 거라고 생각한다. 남들이 보기에는 부족한 부분이 있을 수도 있다. 성호 씨와 영애 씨는 서로를 살뜰히 챙겼다.

세상 모든 인간관계는 완벽할 수 없다. 자식과 부모 사이도 마찬가지다. 서로에게 완벽한 존재가 아니어도 부모와 자식 사이는 변하지 않는다. 어쩌면 서로의 부족한 부분을 챙겨주는 사이가 되라고 부모와 자식으로 인연이 맺어진 건 아닐까.

유난히 화창한 날이면 시설 주변을 어슬렁어슬렁 느린 걸음으로 산책해서 얼굴이 그을린 영애 씨가 가끔씩 보고 싶다. 그럴 때는 하늘을 보면서 "영애 씨, 아직도 내가 성호 씨 짝으로는 별로야?" 하며 장난스레 말을 건넨다. 그럼 나의 시선을 피하며 "허허, 반대하지" 하고 웃을 것만 같다.

# 아이들에게 하나뿐인 엄마

나는 네이버 카페 '엄마의 꿈방'에서 장애인에 대한 이해를 돕는 스터디에 참여하고 있다. 매월 리더가 돌아가면서 장애인에 대한 영화, 책 등을 다양하게 고른다. 회원들은 선정된 매체를 함께 감상하고 이야기 나눈다.

나는 리더가 되었을 때 윤소연 작가의 『그냥 엄마』를 선정했다. 비장애 아이를 키우는 시각장애 엄마들과의 인터뷰를 엮은 책이다. 나는 비장애 엄마들이 이 책을 읽고 무엇을 느낄지 궁금했다.

책을 읽고 난 멤버들의 시선은 비슷비슷했다. 책을 통해, 장애가 있지만 자신들과 다르지 않은 한 엄마에 대해 좀 더 알게 되었다고 한다.

장애인을 이해하고자 하는 스터디의 목적이 제대로 이루어진 듯했다. 사실 모르기 때문에 막연히 결론 내리는 편견이 더 무섭다. 스터디에 참여한 엄마들은 적어도 장애인에 대한 약간의 편견이 무너졌을 것이다. 또한 엄마들이 장애인에 대한 아이들의 인식을 바르고 긍정적으로 심어줄 수 있을 것이라고 믿는다.

스터디에 참여하기 이전의 엄마들과 마찬가지로 대부분의 사람들은 장애가 있으면 아이를 제대로 키우지 못할 것이라는 편견이 있다. 하지만 예상과 달리 잘 키울 수도 있다고 생각하는 사람도 있을 것이다. 전자나 후자의 생각 모두에는 공통점이 있다. 바로 '장애가 있는 사람'은 아이를 키울 능력이 부족할 것이라는 전제가 기본적으로 깔려 있다. 그래서 장애인 엄마가 아이를 잘 키우는 모습을 보면 대부분 의외라고 반응한다. 결국 양육을 잘하든 못하든 장애와 분리해서 생각하지 않는다.

함께 스터디에 참여하는 멤버 중 한 분이 이렇게 말했다. "장애인 엄마에게서 자란 아이의 성격이 밝으면 왜 그 앞에 '그래도'란 말이 붙나요? 아이가 밝게 자라는 것과 장애가 어떤 연관이 있나요? 아무 인과관계도 없어요."

나는 그 말을 곱씹어 생각했다. 그리고 나 역시 '그래도'라는 말을 듣기 위해 무던히 애쓰며 살고 있다는 것을 깨달았다. 나는 그 이유가 장애가 있지만, 인정받고 싶어서였는지, 비장애 엄마처럼 보이고 싶어서였는지 생각해보았다. 그리고 표면적으로는 전자였지만, 마음 깊숙한 곳에는 후자가 자리 잡고 있었음을 시인했다.

사실 장애가 있는 엄마들은 자신도 아이를 잘 키운다는 것을 비장애인들에게 보여주고 싶어 한다. 그렇기에 사명이라도 짊어진 것처럼 아이를 반드시 잘 키워내야 한다는 강박감이 있다. 그 강박감은 장애가 있는 엄마는 아이를 못 키운다는 타인의 평가에 대한 두려움에서 나온다. 그래서 다른 사람들에게 인정받으면 자신의 장애도 사라질 것처럼 착각한다.

『그냥 엄마』에 등장하는 엄마들 중 민정 씨는 이런 말을 한다. 앞이 보이지 않기 때문에 해줄 수 없는 일이 있으면 "엄마가 이건 안 보여서 못해줘. 미안해. 좀 아쉽다"라고 하지만 "스스로 내가 장애인이기 때문에 민준이에게 미안해야 한다는 마음은 안 먹으려고 노력하는 거 같아요"라고 고백한다.[2]

민정 씨와 달리 나는 장애 때문에 아이들에게 미안함을 느낀 적이 있다. 그로 인해 아이들과의 관계에서 온전한 엄마로 다가서지 못했던 적도 있음을 고백한다. 장애를 인정하고 나서야 비로소 아이들의 마음을 읽을 수 있었고 미소가 보였다.

장애가 있는 엄마들에게 당부하고 싶다. 자신의 장애에 매몰되어, 아이를 키우면서 마주하는 소중한 순간들을 놓치지 않기를 바란다고.

나는 『그냥 엄마』의 "좀 틀리고 잘못되더라도 어쨌든 그 아이에게는 절대적으로 엄마니까. 아이한테 세상에 하나뿐인 존재가 되는 거니까. 엄마를 통해서 아이는 어쨌든 세상을 만나는 거니까"[3] 라는 문장에서 많은 힘을 얻었다. 내가 내 아이 은성이와 진성이에게 절대적이며 하나뿐이라는 사실은 바뀌지 않는다. 다른 사람의 생각은 그리 중요하지 않다. 다만 우리 아이들에게 최고의 엄마로 인정받고 싶다.

## 맞지 않는 육아템으로 자괴감에 빠질 필요는 없다

아이들이 태어난 후 처음 만났을 때 덜컥 겁이 났다. 아이들에게 엄마의 손길이 필요할 때 나의 장애로 인해 즉시 해결해줄 수 없을 것 같아 불안하고 미안했다.

내 손이 흔들려서 아이가 우유를 먹는 것이 불편한 문제는 셀프 수유 쿠션으로 해결했다. 안아줄 수 없을 때는 바운서가 있었고, 바구니 아이 안전 의자가 있었기에 병원에 진료받으러 가는 것도 수월해졌다. 이러한 육아템은 나의 불안과 긴장감을 완화하며 많은 도움을 주었다.

물론 더 나은 육아템이 나의 장애를 보완해주었으면 하는 아쉬움도 있었다. 장애가 있는 엄마들에게 유용한 육아 용품을 시중에서 쉽게 구입할 수 있으면 좋겠다. 한편으로는 정부에서 장애 엄마를 지원하는 제도를 마련하면 좋겠다.

텔레비전에서 농아인 부부가 코다(CODA, child of deaf adult의 약자로, 청각장애인 부모의 자녀를 뜻한다)를 키우면서, 아이가 밤에 배고프거나 아파서 울 때 듣지 못하는 경우를 대비해 아이와 자신들을 끈으로 묶고 잠자리에 들어서 제대로 자본 적이 없다는 이야기를 접한 적이 있다. 이처럼 장애가 있는 부모는 장애를 보완해줄 수 있는 육아 용품이 절실히 필요하다.

장애인 출산·육아 지원이 부족한 현실은 통계로 선명히 드러난다. 2020년 한국보건사회연구원이 발표한 '장애인 실태조사'에 따르면 만 18~49세 여성 장애인이 가장 필요로 하는 서비스 중 압도적 1위는 출산 관련 서비스(33.4퍼센트)다. 세부 항목별로는 자녀 양육 지원 서비스(13.3퍼센트), 출산 비용 지원(10.2퍼센트), 임신·출산 관련 교육 및 정보 제공(8.8퍼센트), 여성 장애인 임신·출산 전문 병원(7.1퍼센트), 산후조리 서비스(5.1퍼센트) 등이 뒤를 이었다. 이처럼 비장애인은 걱정 없이 우유를 먹이고 기저귀를 가는 일상에서 장애인은 매 순간 난관에 부딪힌다.[4]

영국을 포함한 선진국의 경우 집 안팎에서 장애 부모와 아이의 애착 형성을 돕는 보조 용품이 많이 제작되어 판매되고 있으며 저렴한 비용으로 대여해주기도 한다. 아이를 무릎에

앉히고 이동할 수 있는 휠체어가 있고, 높낮이 조절이 가능한 아기용 침대도 있으며, 유아차가 연결되어 아이와 나란히 이동할 수 있는 휠체어도 있다. 또한 청각장애인 부모는 '베이비 모니터(Baby monitor)'만 있으면 육아가 큰 문제가 되지 않는다고 한다. 베이비 모니터는 밝은 전등을 켜거나 강력한 진동을 울리는 기기다. 또한 '베이비 캠스(Baby cams)'라는 기기는 청각장애인 부모가 텔레비전 모니터에 연결하여 다른 방에 있는 아기를 관찰할 수 있는 아이템이다.[5]

장애 부모를 위한 육아 보조 용품이 우리나라에 잘 알려지지 않은 이유를 생각해보자. 세 가지 이유를 들 수 있다.

첫째, 장애 엄마는 의존적인 존재이므로 아이를 키울 때 누군가의 도움이 필요하다는 인식이다. 하지만 경사로가 어디에든 있으면 휠체어 이용자의 이동에 제한이 따르지 않는 것처럼, 장애 엄마의 장애 특성을 보완해주는 육아 보조 용품이 있다면 다른 이의 도움이 필요 없을 것이다.

예를 들어 용기에 눈금 있는 컵라면이 출시된 것처럼 시각장애 여성을 위해 젖병의 눈금을 점자로도 표기하면 좋겠다. 젖병을 만들 때부터 비장애인용, 장애인용을 구분하여 출시하기보다 처음부터 점자를 표시하여 만든다면 생산 라인을 따로 돌리지 않아서 회사도 비용 부담이 덜할 것이다. 또한 비장애인이 점자가 있는 젖병을 보면, 시각장애 엄마는 분유를 탈 수 없다는 편견이 아이를 충분히 키울 수 있다는 인식으로 전환될 것이다.

둘째, 장애가 있는 엄마는 아이를 키우기에 부적합하다는 사회적 인식이다. 많은 사람이 장애 여성이 아이를 키우는 것에 대해 생각해보지 않았기에 소비자로 바라보지 않았을 가능성이 크다.

셋째, 장애 여성들이 자신의 장애를 보완해주는 육아 보조용품이 필요함에도 불구하고 목소리를 내지 않았기 때문이다. 장애가 있는 여성은 비장애 엄마를 기준으로 출시된 제품들에 장애 특성을 맞추고자 애쓰기에 바빴다. 마치 애초에 맞지도 않는 신발에 자기 발을 욱여넣은 격이다. 맞지 않는 신발을 신으면 발에 물집이 생기는 것처럼, 맞지도 않는 육아템을 사용하는 장애 여성은 자신의 탓이 아님에도 불구하고 스스로를 부족한 엄마로 오해하고 자괴감에 빠진다.

우리나라도 영국 등의 다른 선진국처럼 장애 산모를 위한 육아 아이템이 다양해지기를 바란다. 장애인용 육아 아이템은 더 편리하게 아이를 키우는 것을 뛰어넘는 의미가 있다. 장애 엄마가 다른 사람의 도움을 받는 영역을 줄일 수 있고, 본인이 더 주도적으로 아이를 키울 수 있다. 또한 장애 때문에 엄마 역할을 제대로 할 수 없다는 자괴감과 미안함을 조금이나마 덜어낼 수 있다. 양육에 도움이 되는 아이템이 늘어나면 예비 장애 엄마들이 지레 겁먹고 엄마 되는 것을 포기하기보다는 조금이라도 용기를 낼 수 있을 것이다.

장애 엄마가 육아템을 사용하며 불편했던 점들을 기록하고, 육아 용품 회사 홈페이지에 장애를 보완해주는 육아템을 만들어달라고 제안하고 건의하는 글을 쓰는 것부터 시작해보면 어떨까. 장애 엄마들이 더 능동적으로 변하길 기대한다.

장애 특성에 맞는 육아 보조 용품이 대중화되면 단순히 장애 여성에게 도움이 되는 정도보다 더 큰 의미가 있다. 장기적으로 볼 때 장애 부모의 양육을 도와주는 돌봄 지원 서비스보다 육아 아이템들을 이용하면 사회 공적 서비스의 예산을 줄일 수 있을 것이다. 그렇게 확보한 예산을, 장애 부모에게 절실히 필요한 다른 서비스에 집중하여 지원하면 더 효과적일 것이다. 그럼 무엇보다도 장애가 있는 양육자가 더 자립적으로 아이를 키울 수 있을 것이다.

# 서로의 다름을 배우는 아이

오랜만에 대학 동기를 만났다. 우리가 세월이 지나 엄마가 되어 만날 거라고는 상상하지 못했다. 엄마들이 만나면 자연스레 대화 주제로 육아를 빼놓을 수 없다. 나는 친구가 시각장애인이기 때문에 아이를 키우면서 아주 힘들었을 거라고 짐작했다.

그런데 예상과는 달리 자신의 장애보다는 엄마 껌딱지로 성장한 아이 때문에 더 힘들었다고 한다. 장애가 있지만, 장애 엄마로서 받아들이는 마음가짐이 달랐다.

친구 딸은 엄마가 장애인이라는 사실을 심각하게 받아들이지 않는 것 같다고 한다. 친구는 아이 학교의 학부모 모임에서 자신이 장애인임을 먼저 드러냈고, 다른 엄마들도 친구를 있는 그대로 받아들였다. 양육이나 학부모 관계에서 친구가 자신을 그대로 오픈해서인지 친구의 딸은 다른 아이들처럼 나를 어색하게 바라보지 않았고, 자신과 다른 나에 대해 궁금해하는 기색도 보이지 않았다.

함께한 자리에서 아이가 무언가를 부탁했지만, 친구는 자신은 해줄 수 없다고 분명히 설명했다. 아이는 이내 수긍하는 모습을 보였다. 체념이 아니라, 시각장애 엄마의 정체성을 인정하는 모습이었다. 친구는 학교 다닐 때도 자신의 장애를 스스럼없이 오픈하는 모습이 멋졌다. 이제 한 아이의 엄마로서 당당하게 말하는 모습이 여전히 멋있었다.

함께 식사하러 갈 때 아이는 엄마 손을 꼭 잡고 길을 안내했다. 일방적으로 엄마를 이끄는 것이 아니라 이정표에 적힌 내용을 자세하고 친절하게 설명했다. 친구 딸은 그렇게 엄마의 눈 역할을 자연스럽게 하고 있었다. 함께 식사하는 자리에서도 엄마 도움이 필요한 나이임에도 불구하고 알아서 잘 먹는 모습이 대견했다. 아이는 엄마를 통해 모든 사람이 같은 존재가 아니라 '다름'을 자연스럽게 배우며 자라고 있었다.

장애가 있는 엄마는 아이가 크는 과정에 따라 다양한 한계를 마주한다. 그때마다 여러 감정을 겪으면서 아파하지만, 동시에 성장해간다. 엄마로서 성장하는 데는 가족 구성원의 태도도 중요하다. 장애 당사자가 죄책감을 갖지 않으려면 평소 본인의 생각도 중요하지만 가족 구성원의 역할도 중요하다. 아빠는 엄마가 할 수 없는 일을 수행할 때 엄마 역할을 대신 해준다고 생각하기보다는 가족의 일원으로서 가사와 육아를 분담한다고 생각해야 한다.

한편으로는 장애 엄마가 아이에게 장애를 어떤 방식으로 오픈하느냐에 따라 아이가 엄마를 수용하는 결과가 달라진다. '장애'에 초점을 맞춘 엄마인지, '그냥 우리 엄마'로 인식할 것인지는 엄마의 양육 태도에 달려 있다.

친구는 학생이던 때부터 나와는 달랐다. 나는 '장애'라는 한계를 스스로 설정하고 주저하는 경우가 많았다. 반면 친구는 비장애 친구들과 똑같이 대학 생활을 했다. 장애를 받아들이는 그릇의 크기가 달랐다. 당시 친구를 보면서, 장애는 받아들이는 사람에 따라 걸림돌이 될 수도 그렇지 않을 수도 있음을 알았다.

친구는 아이에게 자신을 그대로 오픈하고, 장애가 있다는 사실에 미안한 감정으로 다가가지도 않았다. 그렇기에 자연스럽게 아이가 엄마에 관해 '장애인'이라는 수식어를 떼고 '그냥 엄마'로 받아들였을 것이다.

몇몇 사람이 볼 때는 엄마를 도와주는 아이가 안쓰러울 수도 있을 것이다. 하지만 그 모녀에게는 우리가 아침에 일어나 식사를 하고 학교나 직장에 가는 것처럼 일상의 한 부분이다. 어쩌면 아이는 완벽한 비장애 엄마를 원하지는 않을 것이다. 자신을 사랑해주는 엄마, 언제 어디서든 자기 편이 되어줄 것 같은 믿음을 심어주는 사람이 엄마이길 원할 것이다. 그런 측면에서 친구는 자기 역할을 충분히 잘해내고 있었다.

## 유리 속에서 아이를 지켜내는 기분

병원에서 임신 사실을 알게 된 후 나는 다른 임산부들처럼 태아 보험에 가입하기 위해 여러 보험사에 문의했다. 하지만 당시에는 태아 보험 가입이 불가능했다. 임산부의 장애가 태아에게 유전될 확률이 있다는 이유 때문이었다. 장애인은 보험 가입이 어렵다는 사실을 알고 있었지만, 태아에게까지 적용될 줄은 몰랐다.

아이가 태어나지도 않았는데 이미 장애인이 될 것이라고 단정하는 것은 엄연한 편견이다. 태아에게 장애가 생기는 원인은 유전적 요인 외에도 다양하다. 출산 과정에서 생길 수도 있다. 즉, 장애인뿐만 아니라 모든 산모의 아이가 장애를 가지고 태어날 수 있다. 따라서 장애 여성이라는 이유만으로 보험 가입을 제한한 것은 차별이다. 태어나지도 않은 아이가 장애인일 것이라고 보는 근거가 어디에서 나왔는지 궁금하다.

한 조사에 따르면 장애 여성이 낳은 아이의 94.7퍼센트(460명)는 장애가 없는 것으로 나타났다. 즉, 대부분 장애가 유전되지 않고 있었다.[6]

내가 임신할 당시 장애 당사자는 실비 보험 등 보험 상품에 가입하기 어려웠기 때문에 어느 정도 예상하고는 있었다. 그러나 태아까지 가입할 수 없다는 사실에는 당황스러웠다. 태어날 아이의 '엄마가 장애인'이기 때문이라는 이유로 태아 보험 가입을 거부하는 것은 엄연한 차별이다.

나는 확률은 무척 낮지만 장애인 임산부로서 장애아를 낳을 수도 있다는 불안한 마음을 태아 보험 가입으로 조금이나마 안정을 찾고 싶었다. 하지만 보험 가입이 불가하다는 답변에 더 불안해졌다.

2018년 보험연구원의 '장애인의 위험 보장 강화 방안' 보고서에는 보험회사 계약 인수 심사 담당자와의 인터뷰가 언급되어 있다. 담당자는 "장애인에 대한 특별한 심사 가이드라인은 없다"라고 답했다. 비장애인과 동일하게 개별 계약자마다 인수 심사를 하고, 신체적 장애인의 경우 장애 정도와 위험의 인과성 여부에 근거해 보험료를 할증하며, 위험이 높은 질환이 있으면 부담보 처리한다고 밝혔다.[7] 이처럼 이제는 엄마의 장애 유무를 떠나 태아 보험에 가입할 수 있게 되었다.

사실 여부를 확인하기 위해 내가 장애 여성이며 태아 보험에 관해 문의하겠다고 연락하자 담당자가 직접 전화할 거라는 답변만 돌아왔고 다시 전화가 오지는 않았다. 현재는 가입이 가능하긴 하지만 보험사 측은 여전히 장애 여성의 태아 보험 가입을 기피하는 듯하다.

사람들이 보험에 가입하는 목적은 만약 질병이 생기면 대처하기 위해서다. 그러나 '만약'의 경우는 장애인 임산부에게는 해당하지 않는다. 장애인 임산부가 임신 중 기형아 검사 결과 아이가 장애인으로 판명되면 치료비를 감당하지 못해 낙태를 생각하는 경우도 있다. 우리 쌍둥이는 작게 태어났다. 만약 인큐베이터에 들어가는 비용을 국가에서 보조해주지 않았더라면 개인적으로 큰 부담이 되었을 것이다.

당시 태아 보험 가입을 위해 상담한 보험 설계사는 장애인은 보험 가입이 쉽지 않기 때문에 차라리 저축하는 쪽을 추천한다고 했다. 그 보험 설계사처럼 매달 보험료로 납부하는 금액만큼 저축하면 된다고 생각할 수도 있다. 하지만 남들은 다 할 수 있는데 나에게만 그 기회가 주어지지 않는 상황은 마치

백화점 세일 기간에 나만 제값을 내야 하는 듯한 기분이었다. 이처럼 '장애인 임산부'는 임신 동안 노골적인 차별과 배제를 경험했다.

한 시각장애 임산부는 산모 교실의 회원이 되기 위해 가입 신청을 했지만 비장애인이 아니라는 이유로 거절당했다. 산모 교실을 주관하는 단체가 어느 보험회사였고, 장애가 있는 임산부는 보험 가입이 불가하기에 그랬다고 한다.

장애 여부를 떠나 모든 엄마는 태어날 아이를 위해 조금이라도 더 준비된 상태로 아이를 만나고 싶어 한다. 산모 교실의 회원 신청은 장애 산모가 선택할 수 있어야 한다.

장애 여성의 태아 보험 가입이 불가능했던 이유는 분명 보험사 측의 문제였다. 하지만 장애 여성은 '내가 장애인이니 생길 수 있는 일'이라고 생각한다. 그로 인해 임신 기간 내내 혹여나 하는 마음에 불안해한다. 자신처럼 장애를 가지고 태어나 괴로움을 겪지 않았으면 하는 바람으로 아이를 품는다. 보험이라는 사회 안전망 없이 열 달 동안. 마치 조금만 건드리면 깨지는 유리로 만들어진 세상에서 홀로 아이를 지켜내는 기분이다.

2018년 이후부터는 장애인 임산부도 태아 보험에 가입할 수 있게 되었다. 더 나아가 이들에게 실질적으로 도움이 되는 맞춤 상품이 나오기를 바란다. 이런 부분들이 개선되면 장애 여성도 사회적으로 축복받는 기분 속에서 아이를 맞이할 준비를 할 것이다. 사회 안전망은 모두에게 보장되어야 한다.

## 괜찮다고 다독여주는 이

오랜 기다림 끝에 아이가 생긴 나는 너무나도 기뻤다. 임신 기간 동안 육아맘 카페에 자주 드나들며 아이 맞이할 준비를 나름대로 했다. 먼저 엄마가 된 사람들의 글을 읽으면서 막연하게 같은 방식으로 키우면 될 것이라고 생각했다.

하지만 선배 맘들 사이에서는 장애 엄마의 육아 이야기를 찾아볼 수 없었다. 분명 내가 가입한 카페에도 장애 엄마가 있었을 것이다. 다만 자신이 장애인임을 밝히지 않고 활동했을 수도 있다.

아이를 낳고 기르면서부터는 맨땅에 헤딩하는 기분이었다. 남들이 다 편리하다고 말하는 육아템들은 나에게는 적합하지 않았다.

또한 나는 정부가 장애 여성에게 제공하는 혜택에 관한 정보가 부족해서 산모 및 육아에 대한 지원을 받지 못했다. 워킹맘이 아이를 키울 때 정부 지원을 받는 것과 동일하게 장애 여성 또한 혜택을 받는 것은 당연하다. 하지만 당시에는 내가 장애인이니 감당해야 하는 몫이라고 생각했다.

아이가 새벽에 자지 않거나 애써 만든 이유식을 먹지 않아서 힘든 적도 있었지만 정작 나를 힘들게 한 건 따로 있었다. 내가 엄마 역할을 잘하고 있는지 의문이 들 때가 많았다.

주변 사람들이 나를 보면서 아이 키우는 것이 가능한가, 조금은 부족해 보인다고 말할까 봐 두려웠다. 장애인은 아이를 키우기 어렵다는 선입견을 깨기 위해, 육아를 척척 잘해내고 있음을 보여줘야 했다. 잠이 부족해서 피곤하다고 말할 수는 있어도, 손 떨림으로 아이 목욕시키는 데 어려움이 있고 이유식 만드는 시간이 길다는 말을 할 수가 없었다. 그런 말을 입 밖에 내는 순간 엄마로서 부적합하다는 시선, 공감보다는 동정에 가까운 시선을 받기 십상이다.

나는 외국에서 온 다문화 엄마들은 커뮤니티가 잘 형성되어 있어 서로의 고충을 나눌 수 있는 점이 부러웠다. 나에게도 고충을 나눌 수 있는 동지가 필요했다. 주변에 장애 엄마가 있긴 했다. 하지만 그들의 대화를 듣다 보면 마치 육아 장기자랑 대회처럼 자신이 아이를 얼마나 잘 키우는지를 뽐내는 것 같았다. 많은 대화가 오가지만 무척 공허했다. 주변 사람들의 무언의 압박과 우려에도 잘 키워내고 있다는 것을 보여주고픈 마음은 충분히 이해할 수 있었다. 하지만 우리 사이에서까지 그럴 필요가 있을까 의문이 들었다.

장애 여성 중 먼저 엄마로 살아본 이들의 진솔한 경험과 고충을 듣고 싶었다. 국민 육아템으로 불리지만 장애인에게는 도움이 안 되는 제품, 장애를 보완해주는 육아템 등에 관한 깨알 같은 꿀팁을 알려주는 선배가 필요했다. 젖병의 우유를 쏟았을 때나 장애로 인해 누군가의 도움이 필요한 순간 자괴감을 가질 필요가 없다고 다독여주는 이가 필요했다.

KBS 다큐 미니 시리즈 「인간극장」에서 한 중증 장애 여성이 아이를 욕조가 아니라 싱크대 개수대에서 목욕시키는 장면이 방영된 적이 있다. 시청자들은 싱크대에서 아이를 씻기는 것은 비위생적이라고 반응했지만, 그건 비장애인의 시선에서 바라본 관점이다. 나는 그 장면을 보면서 아이가 다치지 않도록 목욕시키는 방법을 터득한 것이라고 생각했다. 한편으로는 그 중증 장애 여성과 비슷한 장애가 있는 사람도 아이를 안전하게 목욕시키는 방법을 알게 되었을 것이다.

손이 떨린다면 아이에게 이유식을 줄 때 흘리지 않고 먹일 수 있는 노하우가 필요하다. 어제는 여섯 번 흘리고 먹였다면 오늘은 네 번만 흘리기 위해 노력하는 태도가 중요하다.

장애 여성은 자신의 특성에 맞게 육아 방식을 바꿔야 한다. 다른 사람들의 방식이 아니라 내 아이를 돌보는 데 최선의 방법을 선택해야 한다. 완벽에 대한 추구가 중요한 것은 아니다. 엄마로서 성장하고 발전해나가는 과정에서 자부심을 느낄 수 있음을 예전에는 몰랐다.

나는 육아 선배로부터 그에 관한 노하우를 듣고 싶었다. 본인이 최선을 다해 아이를 키웠던 것처럼 '순심 씨도 엄마로서 최선을 다하고 있다'라고, '주눅 들 필요가 없다'라고 응원해주는 멘토가 절실하게 필요했다. 이제는 내가 선배 맘으로서 장애 엄마에게 괜찮다고, 충분히 잘하고 있다고 말해주는 멘토가 되고 싶다.

## 온전히 축하받고 싶은 욕심?

내가 임신했을 때 다른 사람들 대부분의 반응은 합의라도 한 듯 똑같았다. 임신 소식을 알리자 축하보다는 먼저 걱정을 했다. 게다가 쌍둥이라고 말하면 한숨을 더 길게 쉬었다.

축하한다는 말을 듣고 싶었는데 그렇게 반응하자 적잖이 당황스러웠다. 마치 내가 큰 잘못을 저지른 것 같았다. 그 한숨의 의미가 무엇인지 짐작되었기에 나는 더 이상 말할 수가 없었다.

나 역시 내가 아이를 잘 키울 수 있을지 불안해하는 마음이 한층 더해졌다. 장애 여성이 임신하면 온전히 축복받지 못하는 사실이 서글펐다. 임신 자체가 다른 사람들에게는 걱정거리가 된다는 사실에 위축되었다.

아이가 생긴 것이 기뻤지만, 나를 잘 아는 주변 사람들 반응이 부정적일 것이라는 생각은 미처 하지 못했다.

비장애인이라고 해서 모두 좋은 부모가 된다고 보장할 수는 없다. 좋은 부모가 되는 것은 장애와는 별개의 일이다. 한 아이의 부모로서 책임을 다하고자 하는 사람이 아이에게 필요한 부모다. 단지 장애가 있다는 이유만으로 아이 낳는 것을 반대하는 것은 차별 행위다.

특히 장애 여성이 양육에 어려움을 겪는 것을 개인 문제로 보지 않아야 한다. 부부가 일하는 경우 국가가 아이 양육을 지원해주듯이, 장애가 있는 여성과 남성에게도 동일하게 지원해야 한다. 국가 예산을 지원하기 어렵기 때문에 장애 여성이 아이 낳는 데 반대한다는 것은, 다르게 생각하면 국가의 책임을 부모가 되고자 하는 사람에게 떠넘기는 행위다.

내가 아이를 가졌을 때 사람들은 '아이를 어떻게 키울지 걱정'이라는 말을 많이 했다. 태어날 아이가 불행하다고 말하기도 했다. 불행하다는 말은 타인이 아닌 당사자만이 할 수 있는 말이다. 걱정스러워하는 얼굴 뒤에는 잔인함이 숨어 있었다. 그들의 저의를 생각하니 내가 엄마로서 잘할 수 없을 것만 같아 자신감이 떨어졌다. 나와 앞으로 태어날 아이가 진정 걱정

된다면, 용기 내어 출산하겠다는 여성에게 육아 선배로서 실질적으로 도움 되는 조언이나 이유식을 쉽게 만드는 방법을 알려주는 것이 더 필요했다.

장애 여성 중 일부는 이러한 사회적 분위기로 인해 아이를 낳는 미래를 그려보지도 않고 포기한다. 나는 내가 받아온 차별이 아이에게 대물림될까 봐 염려되었다. 아이를 원해 출산했지만 아이에 대한 죄책감에서 자유롭지는 못했다.

우리 사회에서는 장애 여성이 아이를 낳을 수 있는 권리를 찾기가 어렵고, 출산을 축복받지도 못한다. 재생산 권리가 글로만 보장되는 것이 아니라 실효성이 있길 바란다. 국가의 역할은 자신의 목소리를 제대로 내지 못하고 권리를 누리지 못하는 이들을 대변하고 권리를 보장해주는 것이다. 장애 여성이 아이를 낳고자 하는 목소리도 외면받지 않아야 한다.

# 친구의 위로 한마디

초등학생 때부터 친하게 지낸 친구들이 있다. 우리는 성장하면서 누구나 겪는 고민을 나누고 서로의 흑역사를 지켜봤으며 기쁜 일을 나누었다. 친구들은 내가 불쑥 전화해도 언제나 기꺼이 시간을 내어주는 고마운 존재다.

한번은 자려고 잠자리에 누웠는데 한 친구가 카카오톡으로 메시지를 보냈다. "순심아, 그동안 아들 둘 키우면서 힘들어서 운 적 있지? 고생 많았다"라며 건네는 따스한 위로였다. 그 한 줄에 나도 모르게 울컥했다.

내가 어느 신문에 연재한 글을 친구 언니가 보고는 가족 단톡방에서 내 얘기를 하느라 불이 났다고 한다. 친구는 내 글을 읽으면서 마음이 참 따뜻해졌다고, 네가 자랑스럽다고 말했다.

친구는 지금 열심히 독박 육아 중이다. 유치원 교사로 꽤 오래 일한 친구는 아이를 잘 키울 자신이 있었다고 한다. 하지만 막상 자신이 아이를 낳고 보니 예상은 보기 좋게 빗나갔다. 친구는 이제껏 아이들이 예쁘다고 느낀 이유는 남의 아이였기 때문이라는 농담을 했다. 그러면서 오늘 낮에 아이가 말을 듣지 않아 혼냈는데, 지금 자는 모습을 보니 후회된다고 말했다.

친구가 지금 육아하면서 많이 지쳐 있다는 사실이 전해져 마음이 짠했다. 이런저런 대화를 하면서, 마냥 철없이 살 줄 알았던 우리가 엄마가 되어 이런 이야기를 나눌 날이 올 줄은 몰랐다고 했다. 엄마가 참으로 대단한 존재라는 사실을 알게 되었고, 그 대단한 일을 우리가 해내고 있는 것이 감격스러웠다.

엄마라는 역할은 장애가 있다고 해서 더 힘들고, 없다고 덜 힘들지는 않다. 세상의 모든 엄마는 각자의 상황에서 아이를 키우면서 힘든 시간을 견뎌낸다. 그리고 아이에게 더 잘하고자 애쓴다. 아이를 키우면서 우리는 부모님의 마음을 이해하기 시작한다.

아이는 우리가 오래전부터 고대하며 기다린 선물처럼 찾아왔다. 그 귀한 존재인 아이가 나를 "엄마"라고 불러준다. 아직은 엄마로서 준비가 덜 되어 미안해하는 마음을 알고 있다는 듯이, 때로는 헐크처럼 화내고 실수를 밥 먹듯이 해도 다음

날이면 우리 엄마니까 괜찮다는 듯이 씩 웃어준다.

이 세상 모든 엄마는 매일 밤 잠들기 전에 '다음부터는 아이에게 모진 말을 뱉지 말아야지', '좀 더 자주 안아줘야지' 하면서 다짐한다. 내일이 되면 똑같이 아이에게 화내고 상처를 줄 수도 있다. 하지만 우리는 아이들이 한 뼘씩 성장하는 것처럼 후회와 자책을 반복해가면서 엄마로서 성장하고 있다. 아이에게 한 모진 말 때문에 잠을 이룰 수 없었던 그 시간이 결코 헛되지 않음을 친구가 알았으면 하는 바람이다.

친구에게 전하고 싶은 말이 있다. 무엇보다 아이는 엄마가 자신을 그 누구보다 사랑하고 있다는 것을 알고 있다. 그러니 잠든 아이를 보고, 아이를 혼낸 일이 마음에 걸려 잠 못 이루고 자책하지 않으면 좋겠다. 그 시간이 바로 엄마로서 성장하는 순간임을 알았으면 좋겠다.

# 다른 별나라 이야기

은영 언니와는 대학생 때부터 알게 되어 지금까지 인연을 이어오고 있다. 그동안 소셜 네트워크 서비스(SNS)로만 연락하고 지내다가 『불편하지만 사는 데 지장 없습니다』 출간 후 언니를 만났다.

내 책을 읽은 언니는 내가 가정을 이루고 아이를 낳은 것이 대단하다며, 자신이 그전까지 꿈꿔보지 않은 결혼과 출산에 대해 잠시 생각해보게 되었다고 이야기했다. 그 말을 들은 나는 언니가 결혼과 아이를 어떻게 생각하는지 궁금했다.

언니에게 결혼은 아예 생각해본 적도 없는 막연한 것이었다. 일평생 두 팔이 없는 장애인을 도우며 살아가는 배우자는 없을 거라고 단정 지어 생각했다. 설령 그런 사람이 나타난다고 해도 결혼은 다른 사람에게 피해를 주는 몹쓸 짓이기에 절대해서는 안 된다고 미리 단념했다고 한다.

언니는 어린 시절 체육 시간에 친구들과 어울리지 못하고 소외되어 교실에 홀로 남겨지곤 했다. 미술 시간에 다른 친구들은 무언가를 만들고 있는데 아무것도 하지 못하고 우두커니 앉아서 다른 사람만 쳐다보았다고 한다. 나 또한 어린 시절에 소외당한 적이 있었기에 그 말에 공감할 수 있었다.

언니는 어릴 때부터 많은 부분에서 배제된 채 살아왔다. 그래서 '결혼' 역시 마찬가지라고 생각했다. 결혼해서 가정을 꾸리는 것은 본인이 꿈꿀 수 있는 영역이 아니라고 여겼다. 드라마에서나 볼 수 있는 환상의 일종이라고, 그래서 '결혼'은 건강한 사람들만이 할 수 있는 것이라고 결론 내렸다. 아이를 낳는다는 것은 다른 별나라 사람들의 이야기라고 생각했기 때문이다. 나 역시 내 장애 때문에 결혼하는 것은 기적 같은 일이라고 생각했다.

자신을 돌보고 건사하는 것도 가까운 가족을 비롯한 남들에게 민폐를 끼치는 일인데, 하물며 아이로 인해 다른 사람에게 도움을 요청해야 한다는 것은 생각만으로도 버거운 일이다. 언니를 비롯해 장애가 있는 여성들은 결혼을 생각하는 것보다 포기하는 것이 더 쉬운 선택이었다.

그래서 언니에게는 엄마가 되는 것은 참으로 낯선 일이었다. 아이에게 손이 많이 가는 시기에 자기 손으로 돌봐줄 수 없을 때 그 낙담과 좌절감을 견딜 자신이 없었고, 자신뿐 아니라 아이까지 다른 사람의 도움을 받는 것 자체가 끔찍하게 여겨졌다. 또한 장애가 있는 엄마를 받아들여야 하는 아이에게 크게 잘못하는 일이기에 자신은 엄마가 되어서는 안 된다고 생각했다고 한다.

내가 옆에서 지켜본 언니가 아이를 양육한다면 그 과정에서 다른 사람의 도움을 받아야 하는 것은 분명한 사실이다. 하지만 언니는 누구보다도 내면적으로 아이를 당당하고 단단하게 키웠을 것이라고 확신한다.

언니의 장애는 엄마들의 다양한 특성 중 하나일 뿐이다. 세상의 모든 엄마가 완벽해야 아이를 낳을 수 있는 자격이 주어지는 것은 아니다. 어쩌면 엄마가 됨으로써 오히려 자신의 부족함을 채워주는 아이를 통해 사랑을 배워나갈 수 있는 기회가 생긴다.

나는 우리나라 사회제도가 더 나아져 아이를 쉽게 키울 수 있다면 낳을 생각이 있는지 물어보았다. 언니는 기존 사회보장제도마저 없어지는 상황에서는 제도를 신뢰하기 힘들기에 생각이 변하지 않을 것이라고 말했다.

장애 여성이라면 대부분 언니의 고백에 담긴 고민을 한 번 쯤은 해봤을 것이다. 이들도 건강한 사람만이 아이를 키울 수 있다고 생각한다. 그렇기에 장애 여성의 육아를 곱지 않게 바라보는 주변의 시선 속에서도 당당하게 아이 키우는 모습을 자주 보기 힘들다. 막연한 불안감에 엄마 되기를 지레 포기하기 때문이다. 장애 여성의 육아가 흔한 세상이 되기 위해서는 사회가 곱지 않는 시선을 거둬야 한다. 또한 당사자가 마음 놓고 출산과 육아를 선택할 수 있도록 사회보장제도가 잘 마련될 필요가 있다.

언니와 헤어지고 돌아오는 길에, 나는 장애 여성의 육아가 평범하게 받아들여지는 날이 어서 오면 좋겠다고 생각했다. 텔레비전 방송에서 장애 엄마가 아이 키우는 모습을 신파 소재로 사용하는 것을 보고 싶지 않다. 많은 방송 프로그램이 아이 양육하는 모습을 평범하게 다루지 않고, 보는 이들의 동정심을 유발하게끔 만든다. 장애를 극복한 엄마의 모성이 대단하다고 부각하기도 한다.

아이를 기른다는 것은 불쌍한 일이거나 극복해야 하는 일이 아니다. 그저 삶의 일부분이다. 많은 장애 여성이 텔레비전에서 볼 수 있는 특이한 엄마보다는 우리 이웃 누구네 집의 엄마로 세상에 드러나기를 바란다. 신체적으로 불편한 가운데서도 노련하게 키우는 모습을 주변에서 많이 볼 수 있으면 좋겠다. 그리하여 장애인이 아이를 낳을 용기를 내고, 주변인들은 우려 섞인 시선 대신 고충을 나눌 수 있는 육아 동지가 되길 바란다.

# 우리 아들 잘 부탁드립니다

우리 시설에 살고 있는 은정 씨는 남편이 돌아가시면서 이곳에 들어왔다. 은정 씨가 이곳에 오기 전 그분 아들이 같은 법인의 중증요양시설에 먼저 입소했다. 정리하면 엄마는 경증거주시설에, 아들은 중증요양시설에 따로 산다. 두 곳은 법인이 같기 때문에 마당을 같이 사용할 정도로 가까이 있다.

은정 씨는 아들이 사는 시설에서 보호자 모임이 열리면 참석해달라는 연락을 받는다. 그때마다 꼬박꼬박 참석하고 아들이 잘 지내는지 확인한다. 또한 아들을 담당한 생활재활교사를 만나면 잘 부탁드린다는 인사도 잊지 않는다. 그 모습은 학부모가 학교 선생님에게 아이를 잘 부탁드린다며 인사하는 모습과 닮았다.

아들을 직접 키울 수 있는 상황은 아니지만 자기 나름대로 애쓰는 은정 씨를 보면 아들에 대한 애틋함이 느껴진다. 우리는 두 사람 관계가 서먹해지지 않도록 자주 만날 기회를 만들고 있다. 각 시설에서 모자가 서로의 생일을 챙기고 어버이날과 어린이날에 선물할 수 있도록 서비스를 지원하고 있다. 은정 씨는 아들에게 선물받은 날이면 얼굴에서 웃음꽃이 떠나지 않고, 보는 사람에게마다 아들이 사준 것이라고 자랑한다.

우리 시설은 행사를 열 때면 은정 씨의 아들도 초대한다. 은정 씨는 그때마다 "우리 아들 잘생겼지요?" 하며 시설에 거주하는 장애인과 선생님들에게 인사시키기 바쁘다. 그 모습에서 은정 씨는 자신이 엄마라는 사실에 대한 자부심이 매우 강하다는 것을 알 수 있다.

분명 은정 씨가 결혼할 때는 가족과 단란하게 살고자 하는 꿈이 있었을 것이다. 그러나 남편이 하루아침에 갑자기 세상을 떠났다. 은정 씨에게는 마음을 추스를 시간이 충분히 허락되지 않았다. 그 힘든 상황에서 아들과도 생이별하는 현실을 받아들이기가 힘들었는지 입소 후 한동안은 눈물 바람이었다. 할 수 있었던 것은 슬픔을 견디는 것뿐이었다.

사회제도가 뒷받침되었다면 은정 씨는 원래 살던 집에서

아들과 함께 계속 살 수도 있지 않았을까? 남편의 부재로 자신들 의사와는 상관없이 하루아침에 각각 다른 시설에 입소하여 살아가는 것이 최선이었는지, 그들에게 시설 생활이 과연 행복한지 잘 모르겠다.

특별한 행사가 있을 때만 잠깐 만나는 것으로 서로에 대한 그리움이 해소되지는 않는다. 은정 씨는 많은 것을 바라는 게 아니다. 아들과 함께 밥을 먹고, 밤에 잠든 아들 숨소리를 들으며 하루를 마무리하는 정도일 것이다. 남들에게는 그토록 평범한 일상이 은정 씨에게는 허락되지 않았다.

보통 엄마들은 아이 곁에 있어주지 못하거나 형편상 장난감을 사주지 못할 때 미안한 마음이 생긴다. 하지만 은정 씨는 엄마로서 아이에게 해주지 못하는 부분에 대해 미안해하지 않는다. 대신 자신이 할 수 있는 것에 집중한다. 아들을 사랑하는 데 마음을 온전히 쏟아붓는다. 나는 그 모습이 부럽기까지 하다. 아이에게 사랑만 주기에도 아까운 시간을 허비하지 않는 그에게서 또 하나를 배운다.

은정 씨는 나처럼 장애가 있는 엄마지만 다른 점이 있다. 장애가 있다는 이유만으로 위축된 모습을 보이지 않는다. 아들에게도 '장애'라는 수식어를 떼고 그냥 엄마로 다가간다.

그 태도가 별것 아닌 것 같지만 엄마로서 자식을 대할 때 큰 자원이 될 수 있다.

은정 씨를 보면서 나는 자식은 미안한 감정을 품는 대신 온전히 사랑을 줘야 하는 존재임을 깨달았다. 비록 몸은 떨어져 살지만, 보고 싶으면 언제든지 만나고 가끔 둘이서 외식하고 산책도 하면서 함께하는 시간을 누릴 수 있기를 바란다.

## 무책임하다는 말의 근거

'나도 남들처럼 아이를 갖고 싶다'라고 말했을 때 주변 사람 중 일부는 나에게 무책임하다고 했다. 당시 그 말을 들었을 때는 아무런 반박도 못 했다. 전적으로 동의할 순 없었지만 어느 정도 수긍했기 때문이다.

국어사전에서 '무책임하다'라는 말의 뜻을 찾아보았다. "맡아서 해야 할 임무나 의무에 대해 책임지지 않는 것"이라고 정의되어 있다. 정확한 의미를 알고 나니, 그렇게 말한 사람이 내게 실수했다는 사실을 알 수 있었다.

장애인이 아이를 키우는 것 자체가 무책임하다고 단정하는 것은 편견이다. 나에게 그렇게 말한 사람뿐 아니라 대부분에게는 그런 편견이 있다. 심지어 장애 당사자도 자신이 아이를 낳는 것은 무책임한 행동이라고 생각한다.

나는 아이들 엄마로서 역할을 회피하거나 불성실하지 않았다. 아이들이 밝게 자랄 수 있도록 노력했다. 스스로 좋은 엄마가 되기 위해 육아서를 찾아 읽고 선배 맘들에게 조언을 구했다.

나는 사람들이 왜 그렇게 생각하는지를 따져보았다.

첫째, 우리가 쉽게 접할 수 있는 미디어는 가정을 이루고 사는 장애인들을 다룰 때 그들이 행복하게 밥 먹고 나들이하는 모습은 잘 보여주지 않는다. 다른 이들의 도움을 받고 힘들게 육아하는 데 초점을 맞춘다. 장애가 있는 부모는 무책임한 사람이 되어버리고, 부모를 돕는 아이는 불쌍한 아이가 된다. 반면 비장애 부모를 돕는 아이는 착한 아이이다. 두 아이의 차이점은 부모에게 장애가 있고 없는 것뿐이다. 두 아이가 부모를 돕는 건 그저 아이 심성에서 비롯된 일이라고 생각한다. 어쩌면 방송이라는 매체가 사람들에게 잘못된 인식을 심어주는 것 아닐까.

둘째, 사람들이 주변에서 장애인 가정의 생활을 보지 못하기 때문이다. 그 이유를 깊이 생각해보면, 장애 당사자가 사람들 앞에 노출되는 것을 기피하기 때문이기도 하다.

셋째, 장애인은 비장애인처럼 생애 주기에 따라 살아가지 않을 가능성이 크다. 결혼까지 성공했더라도 아이 낳는 것을 주저하는 것이 사실이다. 출산을 망설이는 이유 중 가장 큰 것은 제대로 키우지 못할 것이라는 불안감이다.

사실 이 불안감은 장애인뿐만 아니라 부모가 되고자 하는 모든 이가 품는다. 누구는 경제적 문제 때문에, 또 다른 이는 좋은 부모가 되지 못할 것 같다는 생각 때문에 등 이유는 다양하다. 불안의 형태가 다를 뿐이다.

넷째, 장애 당사자의 '책임 있게 키운다'라는 말을 누구의 도움도 받지 않고 혼자서 키운다는 뜻으로 오해하기 때문이다. 어떤 사람이든 육아할 때 지인이나 공공기관의 서비스를 적극 활용한다. 그러므로 장애 당사자가 육아에서 다른 이의 도움을 받는 것에 관해 위축되지 않았으면 한다. 아이를 키우면서 도움받는 것은 민폐를 끼치는 일이 아니라 자연스러운 현상이다. 스스로 모든 것을 감당해야 한다는 강박관념을 내려놓을 필요가 있다.

장애인도 아이를 잘 키울 수 있다고 말만 하는 것보다는 다른 사람들도 믿을 수 있도록 실제로 잘해내는 모습을 보여줄 필요도 있다. 아이와 관련하여 일반적인 생각이 틀렸다는 것을 많은 사람이 인식할 수 있도록 장애 부모들이 책임감 있게 육아하는 모습을 보여주면 좋겠다.

장애 부모 밑에서 자란 아이의 행복은 타인에 의해 결정되는 것이 아니다. 아이가 행복하게 자라는 것은 '장애'와는 아무런 관계가 없다. 부모가 어떠한 가치관을 가지고 있느냐에 따라 아이의 행복 여부가 결정된다. 장애 부모에게 '무책임하다'라는 말 대신 응원으로 용기를 주는 사람이 많아지면 좋겠다.

# 2

# '다름'을 알려주는 엄마

# 찾아오지도 않은 불안감에 떨지 말자

고정욱 작가는 장애인이면서 장애에 관한 글을 많이 쓰신다. 평소 그의 글에 관심을 가지고 있었는데, 우연히 그가 실화를 바탕으로 쓴 『그래서 슬펐어?』를 읽고는 마음이 쿵 내려앉았다. 책 표지에는 아이가 서럽게 우는 모습이 그려져 있었다. 마치 우리 아이가 엄마의 장애 탓에 놀림당해서 우는 것 같았다.

나는 이 책을 아이들과 함께 다시 읽었다. 우리 아이들도 반 친구들에게 놀림받는 상황이 생긴다면 어떻게 대처할지 이야기를 나눠보고 싶었다.

책 내용은 이렇다. 주인공이 반 친구와 싸웠는데, 친구는 자신이 불리해지자 너희 아빠가 장애인이라고 놀린다. 그 바람에 주인공은 그 자리에서 목 놓아 운다. 이야기를 전해 들은 아빠는 자신의 장애 때문에 아이가 놀림당한 것에 미안해한다. 하지만 놀림당한 아이의 엄마는 지혜롭게 상황을 정리한다. 결국 아이가 사과를 받고 두 친구가 화해하는 것으로 이야기가 끝난다.

나는 같은 상황이 일어나면 어떻게 해결하는 것이 옳을지 생각해보았다. 솔직히 말하면 이러한 상황이 생기지 않으면 좋겠다. 정확히 말하면 두렵다. 물론 장애는 잘못이 아니라서 놀리는 사람이 잘못이지만, 나로 인해 아이들이 놀림당한다면 참으로 미안할 것 같다. 책에 등장하는 엄마처럼 지혜롭게 대처하기보다는 내가 장애인이라서 그랬다며 자책감에 괴로워할 것 같다.

나는 아이들에게 이러한 상황이 생긴다면 어떻게 할 것인지 물었다. 한 아이는 선생님께 말하고, 친구에게는 장애인을 비하하는 것은 인권 침해라고 말하겠다고 했다. 다른 아이는 우리 반 친구들은 엄마가 장애인이라는 사실을 잘 모른다며 대답을 회피했다. 나는 아이가 그런 순간을 겪고 싶지 않거나 외면하고 싶어 하는 속마음을 알 수 있었다.

나와 아이는 무엇 때문에 불안해했을까? 어떤 대상 때문이 아닐 수도 있었다. 실체가 없음에도 우리는 두려워했다.

아이들이 초등학교 1학년 때는 혹여나 내가 학부모 참관수업하러 오는 것에 대해 걱정했다. 친구들이 내 모습을 보면 놀릴 거라는 불안이 나와 아이들에게 있었다.

2학년이 되어 참관수업이 열리자 아이들은 나를 기다렸고, 조금 일찍 오길 바랐다고 한다. 심지어 도서관에서 열린 참관수업은 왜 오지 않았느냐고, 기다렸다고 말했다. 그 말을 듣는 순간 물에 젖은 솜처럼 무거웠던 마음이 깃털처럼 가벼워졌다.

참관수업을 다녀온 후 우리가 걱정한 일은 일어나지 않았다. 막상 겪어보니 생각보다 괜찮다는 것을 나와 아이들은 깨달았다.

이처럼 우리는 경험하지 않은 일에 대해서도 불안감을 느낄 때가 있다. 일어나지도 않은 일 때문에 미리 그럴 필요는 없을 것이다. 그리고 『그래서 슬펐어?』에서처럼 우리 아이가 나 때문에 놀림당하는 일이 생기더라도 나와 아이들은 의연하게 대처할 수 있을 것이다. 나나 아이들이나, 혹은 다른 누구든 다가오지도 않은 미래에 대한 불안감에 미리 겁먹지 않으면 좋겠다. 설령 책에서 일어난 일이 우리에게도 일어난다 해도 주인공의 엄마처럼 의연하게 헤쳐나갈 수 있을 것이다.

# 짐이 되고 싶지 않다

얼마 전에 「코다」라는 영화를 봤다. 주요 내용은 농인 부모 밑에서 태어난 청인 루비의 이야기다.

루비는 어릴 적부터 농인 부모와 오빠를 위해 통역하며 일을 도왔다. 어느 날 루비는 학교에서 짝사랑하는 남자를 따라 합창부에 들어가게 된다. 이후 루비는 합창부 지도 선생님을 통해 노래에 대한 재능을 발견한다. 버클리 음대에 입학할 만한 음악적 실력을 갖추고 있지만 부모는 대학에 가기보다는 자신들을 도와주길 바란다. 루비 역시 자신이 없으면 가족이 힘들어질 거라는 생각에 꿈을 포기한다. 하지만 우여곡절 끝에 가족의 응원을 받으며 음대에 합격하여 집을 떠나는 것으로 영화는 끝난다.

영화를 보는 내내 루비의 모습에 우리 아이들 모습이 오버

랩되었다. 나의 장애 때문에 아이들이 엄마를 무조건 도와줘야 한다는 부담감을 느끼고 있는지 걱정되었다. 아이들이 성인이 되었을 때 엄마를 책임져야 한다고 생각해서 꿈이나 행복을 맞바꾸지 않으면 좋겠다.

한 아이는 종종 자신은 커서 돈을 많이 벌어서 큰 이층집을 지을 거라고 한다. 1층에는 엄마, 아빠가 살고 2층에는 자신이 살겠다고 한다. 그러면서 나에게 큰 서재를 선물로 만들어주겠다고 말했다. 나는 미래의 너의 동반자가 동의해야 가능한 일이라고 웃으면서 말했다. 지켜지지 않을 약속이라는 것을 알지만 내심 아이가 나를 생각하는 마음이 예뻐서 흐뭇했다.

하지만 「코다」를 본 후에는 아이의 말을 곱씹어보기 시작했다. 단순히 엄마랑 살고 싶어서 그랬는지, 아니면 은연중에 자신이 장애 엄마를 책임져야 한다고 생각해서 그렇게 말했는지 말이다.

나는 아이들이 엄마가 가족이고 장애가 있다는 이유로 돌봐야 한다는 의무감을 갖지 않으면 좋겠다. 가족이라는 울타리도 중요하지만, 각자는 독립적 객체이니 자기 행복을 우선시하는 것이 좋다.

우리 부부는 아이들에게 물려줄 만한 유산이 없지만, 있더라도 물려줄 계획이 없다. 더 나이 들면 이곳저곳 여행하다가 누군가의 도움이 필요한 시기가 되면 노인 시설에 들어가기로 마음먹었기 때문이다. 그렇기에 좀 더 나은 시설에 갈 여건이 될 때까지 일할 생각이다.

장애인이 구성원으로 있는 가족이 흔히 경험하는 생각과 감정이 있다. 자신이 비장애인이니까 양보해야 한다고 여기며, 자신의 꿈보다 먼저 보살펴야 한다고 생각한다. 장애 구성원을 먼저 챙기지 않으면 죄책감에 빠지기도 한다. 또한 누가 강요하지 않아도 그를 봐서라도 자신은 착한 자녀 혹은 형제로 살아야 한다고 생각한다. 자신의 고유한 정체성보다는 장애 가족의 구성원이라는 사실을 먼저 생각한다. 그러나 잊지 말아야 할 것은 가족 구성원도 중요하지만 자신이 먼저라는 사실이다.

영화 「코다」의 끝부분에는 루비가 학업을 위해 잠시 가족을 떠난 자리를 이웃들이 채워주고 가족이 적응해가는 모습이 나온다. 그 장면을 보면서 나는, 가족이니까 자신이 모든 짐을 지겠다는 부담감은 내려놓아도 될 거라고 생각했다. 우리 아이들도 나를 보살펴야 한다는 부담감에서 해방되었으면 좋겠다.

# 같은 공간, 다른 생각

얼마 전 우리 가족은 태국을 여행했다. 우리의 일정에는 디너 크루즈가 포함되어 있었다. 식사가 뷔페식이었기 때문에 돌아다니며 음식을 담아 먹어야 했다.

조식을 먹은 호텔과 달리 배는 어둡고 사람이 많아서 붐볐다. 배 안이 혼잡했기 때문에 남편 혼자서 아이들과 나의 식사를 날랐다. 줄이 길어서 남편은 한참이 지나서야 음식을 들고 왔다. 그렇게 반복해서 나르느라 정작 그는 식사를 제대로 하지 못했다.

나는 그 시간 내내 돌덩이가 내려앉은 것처럼 마음이 무거웠다. 이럴 때 내가 남편과 함께 음식을 날랐다면 아이들이 오랫동안 기다리지 않아도 되고 그도 덜 고생했을 것이다. 음식을 기다리는 나와 아이들의 모습이 마치 어미 새가 물어다 주는 먹이를 기다리는 어린 새들 같았다.

호텔로 돌아와서 아이들을 씻기는데, 그날 하루가 너무 즐거웠다고 이야기하며 까르르 웃는 모습을 보자 위축된 마음이 조금은 풀어지는 듯했다. 분주하게 움직인 남편의 노력 덕분에 아이들이 행복해하는 모습을 보고 여행 오길 잘했다고 생각했다.

태국 여행을 마치고 집에 돌아온 후 남편은 다음에 갈 여행지를 알아봤다. 나는 여행이 어떠했는지 궁금했던 참이어서 그에게 물었다. 이번 여행이 힘들지 않았느냐고. 그는 여행의 묘미는 힘들고 불편한 상황을 경험하며 일상의 소중함을 아는 것이라고 말했다.

나는 여행 중 언제가 제일 좋았는지 물었다. 남편은 망설임 없이 디너 크루즈가 가장 여유롭고 시원했다고 했다. 의자에 엉덩이 붙일 시간이 없었기에 가장 힘들었을 거라는 내 예상과는 다르게 이야기해서 조금은 놀라웠다. 남편은 모두의 식사를 챙기는 것보다 진성이 입이 짧아서 잘 먹지 않는 것이 더 신경 쓰였다고 한다.

나와 15년간 살면서 나를 돕고 아이들을 챙기는 것이 남편의 일상이 되어 있었다. 그는 그저 자신이 감당하는 역할이라고 생각하는 것 같다. 수많은 시간 동안 그의 도움을 받고 살아가고 있지만 여전히 내 마음은 불편하고 익숙하지 않다.

태국 여행은 무엇보다 아이들이 즐거워했고 남편 역시 또 가고 싶다고 말하는 것을 보면 힘들지만은 않았던 듯해서 다행이었다.

함께 여행을 떠나면 아이들을 위해 챙겨야 할 점이 많다. 단지 식사를 도와주는 것이 전부가 아니다. 샤워도 시켜야 하고, 혹시라도 아프면 곁에서 보초를 서야 할 수도 있다. 또한 여행지에서 안전사고가 일어나지 않도록 보호해야 한다. 식사를 돕는 것은 극히 일부분에 지나지 않는다.

내가 할 수 없는 부분을 생각한다고 해서 그 문제가 해결되는 것은 아니다. 결국 나 자신만 괴롭히는 일이다.

못하는 한 가지만 생각하기보다 내가 아이들에게 해줄 수 있는 다른 부분을 생각하고 챙기는 것에 집중하기로 했다. 나와 남편이 가정에서 가사를 분담하듯이 여행지에서도 내가 모든 역할을 해야 한다는 생각을 버리기로 했다. 어차피 할 수 없는 부분은 인정하고 포기하면 된다. 그것으로 인해 스트레스를 받거나 남편이나 아이들에게 미안해할 필요도 없다. 대신 내가 할 수 있는 부분을 하면 되기 때문이다. 그렇게 생각을 전환하고 나니 무너졌던 자존감이 회복되었다.

여행을 즐기지 못하고 혼자서 이리저리 뛰어다니느라 별 감흥을 못 느꼈을 것이라는 나의 추측과 달리 남편은 이번 여행의 즐거움을 제대로 누렸다고 한다. 오히려 내 마음이 미안함에만 치중되어 있었다. 앞으로는 여행하면서 느끼는 여러 감정 중 극히 작은 부분에서 오는 미안함 때문에 함께 추억을 만들 수 있는 즐거움을 놓치지 않기로 마음먹었다.

# 장애인 증명서보다 큰 선생님의 마음

아이들 학교에서 돌봄교실을 신청할 의향이 있으면 해당 서류를 제출하라는 안내문을 보내왔다. 우리에게 해당하는 항목의 서류는 아이들이 맞벌이 자녀라는 사실에 관한 내용뿐이었다. 맞벌이 자녀는 1·2순위도 아니고 5순위에 해당했다.

1년 전 인터넷으로 신청할 때는 부모 중 한 사람이 장애인이면 장애인 증명서를 제출하라는 안내문이 있었다. 올해는 그 항목이 사라졌다.

혹시나 하는 마음에 나는 '장애인 증명서를 제출하면 아이들이 돌봄교실에 선정되기 유리하지 않을까?' 하고 기대했다. 다른 한편으로는 '굳이 나의 장애를 알리면서까지 돌봄교실을 이용해야 할까?'라는 생각에 망설이기도 했다. 엄마가 장애인이라는 사실이 밝혀지면 아이들에게 해가 가지는 않을까 걱정도 되었다. 어쩌면 아이들이 학교 친구들에게 놀림을 당할 수도 있기에 나름대로 큰 용기가 필요했다.

나는 며칠 고민한 끝에 장애인 증명서를 제출하기로 했다. 가장 큰 이유는 서류를 내지 않으면 나의 정체성인 '장애'를 부정한다는 느낌이 들었기 때문이었다. 그리고 장애는 숨긴다고 해서 숨겨지는 것이 아니다. 언젠가는 알게 되는 사실이기 때문에 매도 빨리 맞는 것이 낫다는 심정으로 재직 증명서를 제출할 때 장애인 증명서도 함께 제출했다.

얼마 후 학교에서 '돌봄교실 모집 결과 인원이 초과되어 추첨할 예정이오니 학교에 방문해주시기를 요청한다'라는 내용의 문자가 왔다. 전년도에는 추첨 없이 돌봄교실을 이용했는데 올해는 경쟁률이 높았다.

나는 머릿속이 복잡해지기 시작했다. '쌍둥이인데 추첨에서 한 명만 될 경우, 확정된 아이는 돌봄교실을 이용하고 다른 아이는 학원을 따로 보내야 하는지?', '돌봄교실을 포기하고 둘 다 학원에 보내는 것이 스케줄 관리에 편리한지?' 등을 이리저리 재보기 시작했다. 만약 두 아이 모두 학원에 보낸다면 저녁까지 봐줄 수도 있는지도 알아보기 시작했다. 예정에

없던 학원비를 지출할 생각에 부담이 되었다.

나는 돌봄교실을 위해 추첨하러 학교에 갔다. 그 결과 한 아이만 선정되고, 한 아이는 후보로 10순위가 되었다. 10번이면 돌봄교실을 이용할 수 있는 확률이 희박해 보였다.

나는 돌봄교실 이용과 관련하여 담당 선생님과 통화할 일이 있었다. 선생님은 장애인 증명서는 선정 과정에 도움이 되지 않았다고 말해주셨다. 그럼에도 당신이 학교 측에 '장애가 있는 엄마이니 기회를 주자'라고 건의했고 학교로부터 규정상 어렵다는 답변을 받았다고 하셨다. 수화기 너머로 들려오는 선생님의 목소리에서 안타까워하는 마음이 전해졌다. 비록 한 아이만 선정되었지만 위로가 되었다. 선생님이 나와 아이들을 위해 도우려고 애쓰신 마음이 느껴져서 속에서 울컥함이 올라왔다.

그때 깨달았다. 나는 여전히 사람들이 나를 불쌍하게 바라보며 부정적으로 인식할 거라는 생각에서 벗어나지 못하고 있었다. 살아오면서 나를 힘들게 한 사람도 있었지만, 도와준 많은 이의 선한 마음들을 깡그리 잊어버렸다.

돌봄 선생님이 애써주신 마음을 비춰봤을 때 아이들이 1학년이었을 때 어떻게 대해주셨는지 짐작되었다. 아이들이 학원을 거부하고 돌봄교실에 가고 싶어 하는 이유를 조금은 알

것 같았다.

그 일이 있고 나서 며칠 후 돌봄 선생님에게서 전화가 왔다. 앞 순위 후보들이 포기해서 다른 한 아이도 돌봄교실을 이용할 수 있게 되었다는 소식을 격앙된 목소리로 전해주셨다. 엄마인 나보다도 기뻐하시는 마음이 고스란히 전달되어 무척 고마웠다. 표현력이 부족한 나는 선생님께 감사한 마음을 제대로 전달하지 못했다. 이 글을 통해, 애써주셔서 감사했다는 인사를 전하고 싶다.

학교 선생님들은 부모가 장애가 있든 외국인이든, 혹은 한부모 가정이든 간에 모든 아이가 잘되기를 바라는 마음으로 가르치고 계셨다. 이번 일로 또 한 번 고마움을 느껴서 남은 학년도 믿고 학교에 보낼 수 있을 것 같았다. 이제는 장애 엄마라는 이유 때문에 공연히 위축되고 불안과 두려움을 느낄 필요가 없었다. 설령 아이들이 나로 인해 상처받는 순간이 오더라도 선생님이 보호막이 되어주실 것이라는 믿음이 생겼다.

장애인 증명서를 제출한 일이 돌봄 선생님으로부터 따스한 응원을 받은 느낌을 경험하는 순간으로 이어졌다. 때로는 나의 장애를 숨기기보다 오픈하면 생각지 못한 지지를 받을 수 있다는 것을 이번 경험을 통해 알게 되었다.

# 용기가 필요한 순간

학교에서 학부모 상담을 비대면으로 할지 대면으로 할지 선택해달라는 안내장이 왔다.

아이들이 1학년 때는 코로나 팬데믹 때문에 비대면으로 상담했다. 그래서 아이들이 생활하는 교실에 가본 적이 없으니 궁금증이 생겼다. 아이들이 사용하는 책상을 보고, 사물함은 잘 정리되어 있는지 확인하고 싶었다. 무엇보다 문자와 전화로만 연락한 선생님을 실제로 만나 뵙고 아이들의 학교생활에 관해 직접 듣고 싶어서 대면 상담을 신청했다.

나는 아이들에게 학부모 상담을 간다고 말하면서 엄마가 장애인임을 말해도 되는지 물었다. 아이들은 선생님은 알아도 친구들이 몰랐으면 좋겠다고 했다. 아이들이 학교에 오는 건 엄마의 자유라고 말한 적이 있기 때문에 나는 장애를 오픈해도 되는 줄 알았다.

아이들에게 '만약 친구들이 엄마가 장애인이라는 사실을 알고 물어보면 어떻게 할 건지?'에 대해 물었다. 한 녀석은 거기까진 생각하지 않았다고 말했다. 내가 학교에 가는 건 괜찮지만 친구들이 아는 것은 별개 문제일 수도 있을 것 같았다. '나 자신도 장애를 받아들이고 오픈하기까지 40년이 걸렸다. 아이들에게도 시간이 필요하겠구나' 하고 생각했다.

나로 인해 아이들이 놀림의 대상이 될 수 있다는 생각에 학교를 방문하기 조심스러웠고 용기가 필요했다. 다행히 상담은 아이들이 하교한 후에 이루어졌다.

담임 선생님은 본인이 지도할 부분이 없을 정도로 아이들이 너무나 사랑스럽고 학교생활을 잘하고 있으니 걱정 말라고 말씀해주셨다. 그 말을 듣는 순간 위축되어 있던 마음이 활짝 펴졌다.

나는 '장애인 엄마'라서 아이들이 제대로 돌봄을 받지 못한다는 말이 나올까 봐 학교에서 오는 안내장을 꼼꼼하게 읽는다. 준비물이 있으면 빠뜨리지 않고 챙기고자 노력한다. 작은 것까지 놓치지 않는 이유는 나로 인해 아이들이 학교생활에서 꼬투리 잡히는 일이 없게 하기 위해서다. 아이들에게 영향이 미치지 않도록 나름대로 무던히 애쓰는 부분 중 하나다.

선생님과 전반적인 학교생활에 대해 이야기 나눈 후 내가 장애가 있어서 아이들이 상처받을까 봐 걱정된다고 말했다. 갑작스러운 말에 선생님은 적잖게 당황하시는 눈치였다. 이야기를 묵묵히 들은 선생님은 "엄마가 장애가 있지만 아이들의 얼굴에 어두운 면이 보이지 않아요"라고 말씀하셨다. 평상시 학교에서 굉장히 밝게 생활하고 있기 때문에 그런 걱정은 전혀 하지 않아도 될 것 같다며 "누구보다 애정을 가지고 키우신 게 아이들 모습에서 드러나요"라고 말씀해주셨다.

이야기를 꺼내기까지 내게는 많은 용기가 필요했지만 막상 털어놓고 나니 마음이 한결 가벼워졌다. 아이들이 엄마가 장애인인 사실을 알리는 것에 대해 준비되어 있지 않으니 반 친구들에게는 알리지 않으시면 좋겠다고 선생님께 부탁드렸다. 선생님은 걱정 말라고 나를 안심시켜주셨다. 선생님과 나 사이에 비밀이 생긴 것 같아 내적 친밀감이 느껴졌다.

고민을 이야기할 때 선생님은 묵묵히 들으면서 따뜻한 시선으로 나를 응원해주셨다. 아이들 학교생활이 궁금해서 상담했지만 그 시간에 많은 위안을 받고 돌아왔다.

상담을 마치고 오는 길에, 아이들 친구들에게 들킬 일이 두려워서 대면 상담을 포기하고 비대면 상담을 신청했다면 두고두고 후회했을 것 같다고 생각했다. 앞으로도 기회가 된다면 대면 상담을 할 계획이다.

다음에는 '아이 친구들과 만나면 어떻게 행동해야 할까?' 하고 염려하기보다는 장애인에 대한 첫인상이 긍정적으로 남을 수 있도록 밝게 인사하고 싶다. 이왕 오픈하기로 마음먹었으니 내가 다른 엄마들과 다르다는 사실을 당당히 보여줄 생각이다.

예전에 한 아이가 단짝 친구 엄마를 만났는데 외국 출신이었다고 말한 적이 있다. 생각과 달리 참 좋은 분인 것 같다며 그동안 자신에게 외국인 엄마에 대한 편견이 있었다고 말했다. 나도 아이들 친구들이 "너희 엄마는 장애인이지만 좀 핫한 것 같아" 혹은 "내가 생각했던 장애인 이미지와는 다른 것 같아"라고 말할 수 있게 썩 괜찮은 친구 엄마로 기억에 남고 싶다.

## 미리 효도받는 엄마

작년 겨울, 아이들은 난생처음 가보는 본격 뷔페에 대한 기대로 들떠 있었다. 한 녀석은 전날부터 아이스크림만 잔뜩 먹고 올 거라며 비장하게 말했다.

뷔페 식당에서 남편은 아이들을 위해 음식 담아주느라 바빴다. 평소에는 남편이 손이 불편한 나를 대신해 음식을 접시에 담아주곤 했지만 그날은 내게 신경 쓸 겨를이 없었다.

나는 아이들이 어느 정도 식사를 마칠 때까지 기다릴 심산이었다. 한 녀석이 내가 접시에 음식을 담지 못하는 걸 눈치채고 슬그머니 다가왔다. "엄마, 먹고 싶은 거 말해. 내가 담아줄게."

그 순간 나는 마음이 울컥했다. 아이 얼굴에서는 장애가 있는 엄마를 돕는 것을 귀찮아하거나 부끄러워하는 기색을 찾아볼 수 없었다. 차라리 짜증이라도 냈으면 좋았을 것이다. 그랬다면 내가 덜 미안했을 것 같다. 이제 겨우 여덟 살이 된 아이가 조그마한 손으로 내 접시에 음식을 떠주는 그 모습에 만감이 교차했다. 내가 보호자가 아니라 아이가 엄마 보호자 노릇을 했다. 한창 엄마에게 도움받아야 할 나이에 오히려 엄마를 챙겨주는 아이에게 미안하고 서글픔이 밀려왔다.

훗날 성인이 된 아이는 이날을 어떻게 기억할까? 처음 뷔페에 가서 맛있는 음식을 먹었던 기억으로 남아 있을까? 아니면 엄마를 챙기느라 먹고 싶은 음식을 제대로 못 먹었다고 기억할까?

나는 장애가 있지만 아이들에게 충분한 사랑을 주고 있고, 내가 할 수 있는 부분에서는 최선을 다했기에 엄마로서 자격이 있다고 생각하고 있었다. 하지만 불편한 엄마를 챙기느라 정작 아이가 마음껏 먹지 못하는 모습에 마음이 무너졌다.

평소 남편이 나를 도와주는 부분들을 돕지 못하는 순간이 올 수 있고, 점점 커가는 아이들에게 도움받을 일이 많아질 수도 있을 것이다. 나는 아이들에게 최대한 짐이 되고 싶지 않은데, 내 의사와 상관없이 어느 부분에서는 짐이 될 때가 생긴다.

잠자리에 들기 전 남편에게 속상함을 털어놓았다. 매사 긍정적으로 생각하는 남편은 이번에도 그리 심각하게 받아들이지 않았다. '장애 있는 엄마를 만난 것도 아이들의 운명'이라며, "세상에는 꼭 비장애 엄마만 있는 것이 아니라는 사실을 아이들도 알아야 해"라고 말했다. 그러면서 '자식에게 늙어서 효도받는 것을 조금 일찍 당겨서 받는 것'이라고 마음 편히 생각하라고 했다.

남편은 아이들에게 도움받을 때마다 내 마음이 무너지지 않길 바라는 마음에서 그렇게 말했을 것이다.

그의 말대로 장애가 있는 엄마를 만난 것이 운명이라 해도, 아무런 선택권 없이 태어나보니 엄마가 장애인이면 그 사실을 받아들여야 한다. 내가 아이 입장이라면 상당히 억울할 것 같다.

장애를 나의 정체성으로 받아들이기까지 약 40년이 걸렸는데, 아이들이 온전히 받아들이기까지는 얼마나 걸릴지 모른다. 하지만 다른 엄마들처럼 나 또한 자신들을 사랑하는 엄마란 사실을 잊지 않으면 좋겠다.

장애인이 가족 구성원으로 있으면 장애인 중심으로 돌아가는 생활이 삶의 일부로 굳어지는 경우가 있다. 내가 근무하는 시설에 거주하는 장애인의 가족들을 옆에서 지켜보아왔기에 그들의 힘듦을 누구보다 잘 안다. 때로는 가족이라는 이유 때문에 사랑 없이 의무감만으로 장애 구성원을 대한다는 것이 느껴진다.

나는 시설에 거주하는 장애인의 보호자들처럼 고된 삶을 아이들로 하여금 짊어지게 하고 싶지 않다. 엄마가 장애가 있다고 해서 자신의 삶을 희생하면서까지 도와주는 착한 아들로 살아가길 바라지 않는다. 나는 짐이 되는 엄마가 아니라, 아이들이 필요할 때 언제든지 어깨를 내어주는 엄마가 되고 싶다.

'장애'라는 나의 정체성을 아이들이 자신들과 동일시하기를 원치 않는다. 나와 아이들은 엄마와 아들 관계이기도 하지만, 서로 다른 인격체다. 그렇기에 서로의 삶을 존중하는 관계이고 싶다.

## 엄마가 오해해서 미안해!

은성이가 퇴근한 나에게 “엄마는 장애인이 아니었으면 좋겠지?”라고 물었다.

나는 ‘장애인이라서 불편한 점도 있지만 불행하지는 않다’라고 대답해주었다. 그리고 은성이에게 ‘엄마가 장애인이란 사실을 숨기고 싶은지?’를 물어보았다. 두 아이는 잠시 망설이다가 조금은 그렇다고 말했다.

그 대답에 마음이 몇 초간 쿵 하고 내려앉았지만, 감정을 숨기지 않고 솔직히 말해준 것이 고마웠다. 진성이에게 “그럼 엄마가 학교 행사에 참석하지 않으면 좋겠어?”라고 질문했다. 진성이는 그건 자신이 결정할 사항이 아니라 엄마가 원하는 대로 하면 된다고 대답했다. 나는 내심 아이가 오지 말라고 하면 어떡하나 걱정했다. 아이가 나에게 결정권을 넘겨주어서 고마웠다.

그 일이 있은 지 며칠 후 학교에서 학부모 참관수업 신청서가 왔다. 아이들이 학교에 가는 것에 대한 결정권을 나에게 넘겼기 때문에 신청서의 참가 표시란에 체크한 후 제출했다. 참관수업이 있는 날 등교하는 아이들에게 "오늘 엄마가 너희들 학교 수업을 잘하고 있는지 보려고 간다"라고 통보하듯이 말했다. 아이들은 큰 반응 없이 알겠다고 대답했다.

코로나 팬데믹으로 인해 입학식, 운동회, 부모 상담 등 모든 학교 행사가 비대면으로 이루어지거나 참여 자체가 취소되었다. 이후 처음으로 학부모 참관수업이 대면으로 열렸다. 아이들에게는 아무렇지 않게 학교에 간다고 말했지만, 아이들이 친구들 앞에서 나를 외면할까 봐 망설여졌다.

교실로 들어가니 이미 많은 학부모가 와 있었다. 교실 맨 뒤에 앉아 있는 우리 아이들이 눈에 띄었다. 그중 한 녀석에게 고개를 돌렸는데 나와 눈이 마주치자 황급히 고개를 돌렸다. 그 모습에 괜히 왔나 싶어졌다.

아이들은 떨지 않고 준비한 발표를 곧잘 했다. 발표 내용 중에는 친구들에게 엄마, 아빠를 소개하는 부분이 있었다. 은성이는 내가 장애인을 위한 프로그램을 진행하며 글도 잘 쓴다고 소개했다. 그 말을 듣는 순간, 내가 아이들에게 내 모습 그대로 인정받는 것 같아서 기분이 좋았다. 언제 저렇게 컸는지 대견스러웠다. 발표 수업이 끝나자 아이들이 나에게 달려와 쏙 안겼다. 그 순간 걱정은 눈 녹듯이 사라졌다.

내가 학교에 간 이유는 어릴 적 부모님이 출근하느라 다른 부모님처럼 학교에 오지 않았던 사실이 못내 서운했기 때문이었다. 나는 아이들의 기억 속에 서운한 감정을 남기고 싶지 않았다.

그날 저녁 나는 고개를 돌린 아이에게 물었다. "진성아, 엄마 얼굴 보고 왜 고개를 돌렸어? 엄마가 학교에 오는 게 싫었어?"

아이는 "아니, 수업 시간에는 집중해야 하니까 그랬지"라고 했다.

오늘 일에 관해 물어보지 않았다면 아이에게 두고두고 서운했을 것이다. 괜히 오해한 것 같아서 미안했다.

다음에 또 아이들과 장애에 관해 이야기 나눌 기회가 생기면 들려주고 싶은 말이 있다. 안경 쓴 사람, 피부가 까만 사람, 키 큰 사람이 있듯이 장애 역시 그 사람의 정체성에 불과하다는 것이다. 그렇기 때문에 장애는 결코 창피한 일이 아님을 말해주고 싶다. 우리 주변에는 비장애인만 사는 게 아니라 장애인도 살고 있으며, 가족의 형태와 구성원도 다양하다는 것을 알려주고 싶다.

나는 우리 아이들이 장애인 엄마를 둔 것을 창피해하기보다는 다양성을 존중하는 눈을 가진 사람으로 자라나길 바란다. 아이들이 성인이 되었을 때는 세상이 정해진 기준이 아닌 다양성을 인정하며 인식의 범위가 더 넓은 곳이 되어 있길 바란다.

# 비밀로 하고 싶은 엄마

저녁 먹고 함께 텔레비전을 보던 진성이가 "선생님은 엄마가 장애인인 거 알아?" 하며 내게 뜬금없이 질문을 했다. 나는 학교 상담 갔을 때 말씀드렸다고 대답했다. 그러자 학습지 선생님도 알아? 사촌형도 알아? 등 자신이 아는 모든 인맥을 동원해서 되물었다. 다 알고 있다고 하자 적잖이 놀라는 눈치였다. 마지막으로 반 친구들도 알고 있느냐는 물음에 모를 것이라고 대답하자 안심하는 듯했다.

진성이가 왜 그런 질문을 했는지 잘 이해되지 않았다. 누가 봐도 외관상으로 내가 장애인이라는 것을 알 수 있는데 물어보는 것 자체가 의아했다.

어쩌면 아이는 태어날 때부터 장애가 있는 엄마를 봐오면서 자연스럽게 받아들였기 때문에 다른 이들도 자신과 똑같이 엄마를 생각할 것이라고 여겼을 수도 있다. 그게 아니면 엄마가 장애인이라는 사실을 애써 외면하고 싶은 마음에서 비롯되었을 수도 있다. 전자의 생각이 맞다면 있는 모습 그대로 받아들이는 것 같아 안심되었다. 또 한편으로는 엄마를 부정하는 것 같아서, '내가 너를 낳고 키운다고 얼마나 고생했는데' 하는 마음에 괘씸하기도 했다.

나는 삐진 척하며 "네가 엄마를 부끄러워하니 나도 이제부터 너를 창피하게 생각할 거야"라며 장난을 쳤다. 진성이는 진지한 나의 연기에 눈이 동그래졌다. 나는 아이가 당황하는 모습이 웃겨서 한 술 더 떠 골탕 먹이고 싶었다. "네가 친구들에게 엄마가 장애인이라는 사실을 비밀로 해달라고 해서 약속 지켰는데, 이제는 학교 가서 다 말할 거야" 하며 으름장을 놓았다.

진성이는 미안해하는 표정으로 "이젠 엄마를 안 부끄러워할게" 하며 사과했다. 반강제적이지만 '내가 친구들에게 말해도 괜찮은지?' 물으니 괜찮다고 했다. 그제야 나는 선심 쓰듯이 "나도 너를 부끄러워하지 않을게" 했다. 아이는 환한 표정을 지으며 나에게 안겼다. 괜찮다고 말했지만, 좀 남다른 엄마를 친구들에게 말하는 데는 용기가 필요함을 알고 있다.

진성이의 질문과, 내가 장애인이라는 사실을 숨기고 싶어 하는 사실에 속상하지는 않았다. 열려서는 안 되는 판도라의 상자가 열릴 것 같아 두려워하기라도 하듯, 반 친구들이 알게 될까 봐 전전긍긍하는 마음이 짐작되어 마음이 아렸다. 나 역시 아이들이 나로 인해 친구들에게 손가락질당할까 봐 두렵다.

한편으로는 아이들이 내 모습 그대로 오픈해주었으면 하는 마음도 있다. 그것은 나의 욕심이다.

나는 인근 지역 초등학생들을 대상으로 장애인 인식개선 교육을 한 적이 있다. 하지만 정작 우리 아이들이 다니는 학교에 가는 것은 망설여질 수밖에 없었다. 지금이라도 아이 반 친구들에게 나의 장애를 당당하게 오픈하고 장애인 인식개선 교육을 하는 모습을 상상해본다.

아이들에게 나의 장애를 무조건 받아들여달라는 것은 온전히 나의 욕심이다. 자신의 엄마는 다른 친구들의 엄마와 달리 엄마가 장애인이라는 사실을 받아들이는 것은 쉬운 일이 아니다. 머리로는 이해할 수 있지만 마음으로 받아들이기까지 시간이 걸리는 것은 당연하다. 그럼에도 아이들이 엄마를 다른 사람에게 조금이라도 빨리 오픈해주면 좋겠다. 그날이 오기까지 오랜 시간을 기다려야 할 수도 있다. 이 부분은 내가 강요할 일이 아니기 때문에 아이들 의견을 존중해야 한다.

우리 아이들의 반 친구들이 장애인 엄마라고 놀리는 상황이 언젠가 올 수도 있다. 그때 장애는 부끄러운 사실이 아니라고 당당히 말할 수 있는 단단한 마음을 가진 아이들로 성장할 수 있으면 좋겠다.

## 공평한 룰을 적용할 줄 아는 아이

아이들이 생일에 친구에게서 러시아워 보드게임을 선물받았다. 은성이는 선물을 뜯자마자 나에게 보드게임을 하자고 제안했다. 세심한 손놀림을 통해 차를 여러 방향으로 옮겨서 하나하나 빼내는 게임이었다.

나는 손 떨림 때문에 아이와 그 게임을 하기에는 약간의 제약이 따랐다. 그래서 "엄마는 손이 불편해서 그 게임을 할 수가 없어"라고 말했다. 그 말을 들은 은성이는 포기하기보다는 어떻게 하면 함께 게임할 수 있을지를 궁리하는 눈치였다. 잠시 후에는 '엄마 순서일 때 자신에게 말하면 자동차를 옮겨주겠다'라고 했다.

그 게임을 보고 나는 할 수 없는 것이라고 단정했다. 반면 은성이는 엄마도 할 수 있는 방법을 찾아냈다. 아이를 보면서,

할 수 있는 방법을 찾기보다 제약을 먼저 생각한 나 자신이 부끄러웠다. 아이를 통해 장애를 대하는 내 자세에 관해 또 배우는 계기가 되었다. 그렇게 해서 나는 은성이의 손을 빌려 한참 동안 같이 놀았다.

또 한번은 누가 줄넘기를 많이 하는지 내기를 했다. 은성이는 시작 전에 나에게 10회를 먼저 제공한 후 줄넘기 대결을 했다. 이제 아이들은 내가 먼저 요구하지 않아도 축구, 공기놀이 등을 할 때 자신의 기준이 아니라 나의 장애 특성에 맞게 내가 떠올리지도 못한 기발한 생각들로 게임 룰을 변경했다. 덕분에 대부분의 웬만한 놀이는 함께할 수 있다. 아이들에게는 나의 장애 여부를 떠나 같이 놀고 싶은 마음이 컸기 때문이다.

아이가 이런 시선으로 접근한다면, 내가 근무하는 장애인 거주시설에서 운동회 할 때 경기 프로그램도 충실하게 기획할 수 있으리라.

앵거스 매과이어라는 아티스트가 사회 변화를 위한 상호작용 연구소(Interaction Institute for Social Change, IISC) 및 스토리 기반 전략 센터(Center for Story-based Strategy, CSS)와 협업하여 그린 그림이 있다. 그림에는 담장 너머로 경기를 관람하는 세 사람이 등장한다. 한 명은 키가 커서 디딤대가 필요 없지만 두 사람은 디딤대가 있어야 관람이 가능했다. 또 다른 그림에는 키에 따라 높낮이가 다른 디딤대 위에서 각각 경기를 보는 세 사람의 모습이 제시되어 있다.

공평하고 평등한 기회에 대한 메시지를 담은 것도 좋았지만, 담벼락이 없는 상태에서 어떠한 신체적 제약 없이 경기를 관람하는 그림에서 왠지 모를 해방감을 느꼈다. 장애 당사자는 최종적으로 담벼락이 없어지는 사회를 꿈꾼다. 현실적으로 그러한 환경이 실현되기 어렵다면, 키 작은 사람을 위해 디딤대를 마련하는 것이 사회가 책임져야 하는 최소한의 의무다.

아이들이 나와 놀기 위해 다방면의 룰을 제안한 마음은 앵거스 매과이어의 그림과 닮아 있었다. 아이들은 나로 인해 삶 속에서 공평이란 기회를 제시할 생각을 할 수 있었고, 서로가 다름을 자연스럽게 인정하며 배우고 있다. 그래서 기존 사회의 일률적 기준을 제시하지 않았다. 아이들은 또래의 다른 아이들보다 다양한 시각으로 사람들을 대할 것이다. 아이들이 장애인뿐만 아니라 자신과 조건이 다른 사람들을 폭넓게 이해하길 바란다. 각각의 특성에 따라 다양한 기준을 제시할 수 있는 눈을 가진 아이들이 내 아들들로 와줘서 감사하다.

# 너와 나의 김밥이몽

아이들이 초등학교 2학년 때의 일이다. 담임 선생님은 '아이 앰 스쿨 학부모(교육 정보 커뮤니티 플랫폼)'라는 알림장을 통해 아이들이 학교에서 활동하는 모습을 올려주셨다. 어느 날 올려주신 활동 내용은 '우리 가족 책 만들기'였다. 가족의 장점, 함께하는 활동, 좋아하는 놀이, 음식 등을 통해 가족을 소개하는 책이었다.

나는 두 아이가 어떻게 작품을 만들었는지를 보기 위해 선생님이 올려주신 사진을 유심히 살폈다. 대부분의 내용에 수긍할 수 있었지만 '○○네 음식' 부분에서 고개를 갸우뚱거렸다. 은성이는 할머니가 요리해주신 음식이 맛있다고 적었지만 진성이는 엄마가 아침에 만들어준 김밥이 맛있었다고 적혀 있었다.

음식은 대부분 어머님이 요리하신다. 아이들도 할머니가 계시지 않으면 엄마가 볶음밥, 라면 등 조리가 간편한 음식들을 해주는 것으로 알고 있다. 아무리 되짚어 생각해보아도 나는 아이들에게 김밥을 싸준 적이 없었다.

그날 저녁, 알림장을 통해 책 만들기 사진을 보았고, 아주 잘 만들었다고 진성이에게 칭찬을 했다. 그러면서 슬며시 질문했다. 엄마가 생각할 때는 너에게 김밥을 만들어준 기억이 없는데, 왜 그렇게 썼느냐고. 아이는 내가 가끔 조미김으로 싸준 밥도 김밥이라고 생각했기에 그렇게 적었다고 말했다. 대답이 썩 와닿지는 않았지만, 아이의 시선으로는 '김밥'이라고 생각할 수도 있겠구나 하며 넘겼다.

며칠 후 책 만들기에 관한 작품을 은성이만 집에 가져왔다. 평소 자기가 만든 작품을 내게 자랑하려고 매번 들고 오는 진성이가 그날은 빈손이었다. 내가 왜 그랬는지 묻자 "그냥"이라며 얼버무렸다. 그 모습을 보면서, 조미김으로 싼 밥을 김밥으로 그럴싸하게 포장한 자신도 떳떳하지 않았을 것이라고 짐작이 되었다.

말하지는 않았지만, 진성이는 내가 다른 친구들의 엄마처럼 요리를 척척 하기를 원했을 수도 있다. 아이들이 어릴 적부터 남편이나 어머님이 줄곧 요리를 담당했다. 나는 그 모습을 아이들이 자연스럽게 받아들였다고 생각했다. 아이들이 엄마가 요리해주기를 바란다고 표현하지 않았기에 기존의 고정된 성 역할에서 자유로울 것이라고 장담했다. 그것은 내 착각이었다. 아이는 부엌에 있는 엄마의 모습을 기대했을지도 모른다. 어쩌면 엄마에게 부탁해도 못할 것이라고 체념했다는 말이 정확할 것 같다.

나는 요리를 못하는 것이 아니라 하지 않을 뿐이다. 그 이유는 내가 음식을 만들면 시간이 많이 걸리기 때문이다. 맛이나 효율성 측면에서 나보다는 남편과 어머님이 하는 것이 훨씬 낫다. 그렇기에 나는 아이에게 맛있는 음식을 해주지 않는 것에 대해 미안한 감정이 없다.

다만 소풍 때 다른 엄마들처럼 비엔나소시지를 문어 모양으로 만들거나 피카츄, 포켓몬 등 아이들이 좋아하는 캐릭터 도시락을 싸주지 못하는 것에 대한 아쉬움은 있다. 금손 엄마를 만나지 못한 것도 아이들의 복이니 어쩔 수 없다. 장애가 있어도 손재주가 좋아서 예쁜 도시락을 만들어주는 엄마도 있다. 아이들이 모양이 예쁜 도시락을 먹지 못하는 이유는 엄마가 장애가 있어서가 아니라 곰손인 엄마를 만났기 때문이다.

아이는 '요리' 자체를 잘하지 못하는 엄마, 그리고 해줄 수 있는 요리가 몇 가지뿐이라는 사실을 숨기고 싶었을까? 다양한 요리를 못하는 이유가 나의 장애 때문이라고 생각하나? 그게 아니면 대부분의 엄마는 요리를 잘한다는 고정된 성 역할 때문인지 모르겠다. 중요한 것은 아이는 다른 친구들 엄마와 내가 다르다는 것을 알리고 싶어 하지 않았다는 사실이다. 비장애인의 기준으로 완벽한 엄마의 모습을 친구들에게 보이기 위해 애쓴 아이의 심정이 전해져 마음이 아려왔다.

하지만 나는 장애를 극복하는 수단 중 하나로 요리를 잘하는 엄마의 모습을 보이고 싶지 않다. 요리는 잘 못하지만 빨래, 청소 등 다른 가사는 잘하는 엄마로 알아줬으면 좋겠다.

앞으로도 아이가 생각하는 나의 한계와, 원하는 엄마의 모습 사이에서 충돌하는 순간들이 돌연 찾아올 것이다. 얼마나 반복되어야 비슷한 상황이 오더라도 아이와 내가 무덤덤하게 받아들일 수 있을까? 아이가 나의 장애를 한계로 받아들이고 극복해야 하는 대상으로 바라보지 않길 바란다.

## 흔들려도 추억으로 남길 수 있어!

내가 사진을 찍으면 많은 결과물이 흔들려 있다. 나의 불수운동 때문이다. 그래서 사진 찍을 때는 최대한 흔들리지 않도록 하기 위해 나도 모르게 긴장한다. 다른 사람처럼 비율, 구도 등을 감안해서 더 예쁜 사진을 찍기보다는 최대한 안 흔들리도록 찍는 것이 목표였다.

아이들을 낳기 전까지는 사진 찍을 일이 있으면 다른 사람에게 촬영해달라고 부탁했다. 아이를 낳은 후에는 남에게 부탁하다가 아이들 모습을 기억하고 싶은 찰나의 순간을 놓칠 때가 많았다. 그 예쁜 순간을 놓치지 않기 위해 내가 직접 찍어야겠다고 생각했다.

다다익선이어서 사진을 많이 찍으면 그중 몇 장은 건질 수 있었다. 흔들림을 줄이기 위해 셔터 속도를 최대한 높이고 찍는 방법도 찾아냈다. 여전히 흔들리는 사진이 많고, 비율이나 구도가 예쁘게 나오지도 않는다. 완벽하지는 않지만, 그래도 아이들이 자란 후에 지난 추억을 이야기하는 데 지장 없을 정도의 결과물은 나왔다.

만약 내가 사진 촬영에 관해 자유롭지 못했다면 아이들이 자라는 과정을 온전히 담지 못하고 엄마가 아닌 다른 이의 시선으로 많은 순간을 저장했을 것이다. 이제는 내게 사진 찍는 일은 두렵지 않고, 장애로 인해 제한되는 영역도 아니다.

아이들을 키우기 전까지는 무언가에 도전하는 것이 겁날 때가 많았다. 실패와 남의 시선이 두려웠다. 완벽하지 않을 바에는 시도조차 하지 않았다. 나의 장애에 매몰되어 그 점만 크게 보였고, 도전하기 전부터 한계를 먼저 지었다.

엄마가 되면서는 그동안 할 수 없다고 회피한 것들을 나의 의지와 상관없이 마주 볼 수밖에 없었다. '엄마'이기 때문에 해내야 하는 것이 너무 많았다.

내가 SNS에서 팔로잉하고 있는 한 인물에 관해 이야기하고 싶다. 나는 우연히 그녀의 피드를 접했다. 그녀는 한쪽 팔이 없고, 다른 쪽 팔은 매우 짧다. 그럼에도 불구하고 일상을 공유한 사진들을 보면 팔이 없다는 사실이 눈에 들어오지 않았다.

어느 날 그녀는 SNS로 자신의 임신 소식을 알렸다. 나는 그녀가 어떻게 아이를 키울지 궁금했다. 그러나 내 호기심이 민망할 정도로 그녀는 두 발로 능수능란하게 아이 기저귀를 갈고 우유를 먹이는 일상을 공유했다. 팔이 아니라 발로 노련하게 아이를 돌보는 모습에서는 '한계'라는 단어가 떠오르지 않았다.

두 손이 아닌 발로 아이를 돌보듯, 무언가를 해내는 과정들이 한 가지 방법만 정해져 있는 것은 아니고, 육아 방법도 하나로 정해져 있지는 않다. 비장애인에게 편리하다고 알려져 있는 기존 방법들이 나에게 맞지 않으면 내게 맞게 바꾸면 된다는 것을 미처 몰랐다.

또한 결과의 완벽함을 추구하기보다는 과정을 즐기자 주변을 바라볼 수 있는 시야가 생겨났고, '나는 왜 이것밖에 못할까'라는 자괴감에서 조금은 벗어날 수 있었다. 이러한 생각을 하기까지는 많은 시간과 시행착오를 겪어야 했다. 그전까지는 내가 못하는 부분들이 넘지 못하는 산처럼 다가왔다.

산은 우리에게 꼭 정상까지 올라가라고 강요하지 않는다. 오르면서 나뭇잎을 흔드는 나무도 바라보고 물이 흐르는 계곡 소리도 듣고 산 내음을 맡는 등 몸으로 정취를 느껴보라고 한다.

아이 키우는 일도 마찬가지였다. 완벽하게 돌보고 영양학적으로 손색없는 음식을 만들어주는 것이 최선은 아니다. 조금은 서툴고 느리더라도 상관없다. 아이가 무슨 생각을 하고 느끼는지 헤아려주고 얼굴을 바라보며 함께 나아가는 것이 더 중요하다.

아이를 키우면서 기존 방식이 아닌 나만의 방식을 하나하나 배워가는 과정에서 내가 성장하고 있음을 깨닫는다. 아이는 나의 한계를 두려워 말고 도전할 수 있는 용기를 준 스승으로 나에게 와주었다.

## 비밀을 공유한 친구 사이

아이들이 반에서 단짝인 친구를 집에 초대하고 싶다고 했다. 가끔 우리 집에 놀러 오는 친구들은 있다. 그 친구들은 어릴 적부터 보거나 엄마들과도 아는 사이여서 왕래가 있었기 때문에 큰 부담감이 없었다. 하지만 이번에 오는 친구는 나를 본 적이 없다. 그 친구가 나를 보고 당황하지는 않을까 걱정되었다.

아이들 친구가 올 시간이 다가오자 면접을 기다리는 사람처럼 나도 모르게 긴장되었다. 걱정과 달리 처음 대면한 아이 친구는 나를 대하는 모습이 어색하지 않았다. 또한 아이들도 친구에게 나를 소개해주면서도 숨기고 싶어 하는 표정은 아니었다. 예전부터 놀러 오는 친구들이 집에 왔을 때와 별반 다르지 않았다. 괜한 걱정을 한 것 같아 허탈하기까지 했다.

친구가 놀다 간 그날 저녁 아이들에게 '친구가 집에 놀러 오면 엄마가 장애인인 것을 알게 되는데 초대해도 괜찮았는지'를 물어보았다. 한 녀석이 '민승이는 엄마가 장애인이라는 사실을 이미 알고 있다'라고 아무렇지 않게 말했다.

아이들이 나의 장애를 숨기고 싶어 한다고 알고 있었는데, 친구에게 예전에 말했다고 해서 조금은 놀랐다. 그제야 아이 친구가 나를 보고 놀라지 않은 태도가 이해되었다. 나에 대해 별 관심이 없어서가 아니라 장애인이라는 사실을 이미 알고 있었기 때문이다.

나는 아이들에게 그 사실을 말한 용기가 어디서 나왔는지 물어보았다. 친구 엄마가 베트남 분이시라 비밀을 말해도 지켜줄 것이라는 생각이 들었다고 한다. 친구에 대한 믿음도 있었지만, '다름'의 결은 달라도 비밀을 나누어도 괜찮다는 안도감은 나름의 동질감에서 비롯되었겠다고 짐작이 갔다.

그날 저녁 아이들과 대화하면서 많은 생각이 오갔다. 아이들은 엄마가 장애인이라는 사실을 말할 용기를 가질 만큼 훌쩍 자라나 있었다. 아이들이 엄마를 부인하지 않고 솔직하게 말해주어서 고마웠다. 어쩌면 아이들은 말로 표현한 것보다 나의 장애를 크게 생각하지 않을 수도 있다.

지인 중 한 사람은 자기 부모님이 장애인인 사실을 어릴 적에는 받아들이기 힘들었다고 한다. 어른이 된 지금은 아무렇지도 않다고, 아이들도 곧 본인처럼 생각하게 될 거라며 너무 걱정하지 말라고 했다. 그가 고백한 것처럼 우리 아이들에게 그런 말을 듣고 싶다.

아이들의 친구는 이후 우리 집에 자주 놀러 온다. 처음에는 보지 못했던 아이의 밝은 인사성과 예쁘게 웃는 모습이 차츰 눈에 들어왔다.

우리 아이들은 자라면서 나를 통해 '같음'보다는 '다름'을 먼저 배우고 세상에는 다양한 사람이 산다는 사실을 알아간다.

때로는 남들이 엄마를 이상하게 생각할까 봐 두려운 마음에 일부러 숨기거나, '달라도 괜찮다'라고 의식적으로 생각하고 노력해야 하는 아이들에게 미안하기도 하다.

'같음'을 공유한 이들은 사람들에게 구구절절 설명하거나 증명할 필요가 없기에 아무런 노력 없이 살아갈 수 있다. 반면 '다름'을 장착한 당사자와 그 가족들은 '달라도 괜찮음'을 증명해내야 한다. 이러한 애씀이 때로는 피곤하고 억울한 면도 있다.

우리 사회는 장애, 다문화, 성 소수자성은 그 사람의 일부분이지 전체가 아니라는 사실을 잘 인지하지 못한다. 그래서 '다른' 사람들은 자기에게 돌아오는 낯선 눈빛을 마주할 자신이 없기에 존재를 비밀처럼 숨기거나 큰 용기를 내서 말해야 한다. 다름을 자연스럽게 받아들이고 말할 수 있는 분위기가 정착하려면 아직 먼 듯하다. 우리 아이들과 단짝인 민승이가 '다름'에 대해 구구절절 설명하는 과정 없이 친구가 된 것처럼 우리 사회 역시 다름과 같음이 자연스레 공존할 수 있는 날을 기다린다.

# 엄마 운전 실력 초보잖아?

우리 아이들은 주 2회 저녁에 인제군 체육회에서 운영하는 축구 교실에 다니고 있다. 남편과 나는 번갈아가며 아이들을 픽업한다.

그날은 내가 시간에 맞춰 데리러 가는 날이었다. 참새가 방앗간을 못 지나치듯이 아이들은 차에 타자마자 간식 타령을 하며 마트에 가자고 졸랐다. 나는 퇴근 후여서 쉬고 싶은 마음에 집에서 가까운 편의점에 가자고 했다. 그러자 한 아이가 자신은 집 앞에 있는 곳 말고 병원 근처 마트에 가고 싶다고 했다. 나는 굳이 먼 곳까지 갈 이유가 없어서 거부했다. 내 말을 들은 다른 아이가 '그곳은 주차가 복잡한데 엄마가 장애인이라서 운전이 서툰 것을 모르냐?'라고 속닥거렸다. 아이는 작은 목소리로 말했지만, 내 귀에까지 들렸다. 그 말에 나도 모르게 발끈하여 아이가 원했던 곳으로 운전대를 돌렸다.

아이들은 소기의 목적을 달성한 듯 신이 났다. 물건을 모두 사서 집에 돌아온 후 나는 아이들에게 정확하게 알려주었다. 엄마가 장애인이라서 운전이 미숙한 건 아니라고. 엄마 운전 실력은 우리 동네 어디든지 갈 수 있을 정도는 된다고 말했다.

아이들은 예전에 후진하다가 옆집 화분을 깬 일을 이야기하고, 후진 주차는 잘 못하니 운전을 못하지 않냐며 되물었다. 나는 운전은 많이 하면 자연히 실력이 늘게 되어 있다는 사실을 말하고, 아빠도 사고 난 적이 있지 않냐고 물었다. 아이들은 그건 상대방 실수가 분명하고, 내 경우는 운전 미숙이었다고 말했다. 화분을 깬 일은 온전히 나의 실수였기에 할 말은 없었다. 하지만 아이들에게는 장애인 중에도 운전 잘하는 사람이 있고 비장애인도 운전 못하는 사람이 있다고 말해주었다. 또한 사고는 누구나 날 수 있는 일이라고 강조했다.

운동을 다녀온 남편에게 저녁에 있었던 일을 이야기했다. 남편은 아이가 엄마의 심리를 잘 파악하고 있다며, 내가 순진해서 당했다고 크게 웃었다. 그 말을 듣고 나서야 내가 낚였다는 사실을 알게 되었다. '이 녀석들, 다음에는 너희 뜻대로 가지 않으리라' 속으로 다짐했다.

아이들은 나 외에는 장애인을 직접적으로 만난 적이 없다. 그렇기에 내 모습을 장애인에 대한 전체적인 이미지로 알고 있다.

예전에는 나로 인해 장애인에 대한 인식이 달라질 수 있기에 부정적인 이미지가 심어지는 것을 원치 않아서 비록 장애인이지만 무조건 모든 것을 척척 해내는 사람으로 연기한 적도 있었다.

이슬아 작가의 북토크에 갔을 때의 일이다. 그날 이슬아 작가는 그 자리에 참석한 독자들을 위해 노래를 불러주겠다고 했다. 그런데 노래를 부르기 전에 자신은 가수가 아니기에 노래를 못할 수 있다고 말했다. 그 말을 듣는 순간, 장애인은 비장애인의 사회구조에서 낙오자로 비치는 게 당연하다는 것처럼 들렸다. 낙오의 원인이 장애 당사자가 아닌 사회구조임을 말해주는 것 같았다.

이슬아 작가의 그 한마디는 나에게 따스한 위로가 되었다. 나는 전지전능한 신도 아니고 비장애인도 아니기에 서툴러 보이는 건 당연했다. 그 말을 들은 후 이제는 굳이 내가 모든 일을 잘하고자 애쓸 필요가 없다고 생각하게 되었다. 그저 내가 잘하지 못하는 부분은 아이들에게 솔직하게 이야기하기로 했다.

이슬아 작가는 참으로 멋있는 생각을 하고 있었다. 나 역시 있는 그대로의 모습을 보여줌으로써 아이들에게 멋있는 엄마로 기억되고 싶다.

어찌되었든 간에 운전 실력을 향상하기 위해서는 시간 날 때마다 공터에 가서 주차 연습을 해야 할 것 같다. 아이들 한마디가 엄마가 여러모로 성장할 수 있도록 동기 부여해줘서 고맙다.

## 엄마가 장애인이라서 어떤 게 불편해 보여?

어느 날 문득 내가 장애인이라서 어떤 점이 불편해 보일지 궁금해서 아이에게 물어보았다. 나는 대부분의 사람들이 생각하는 것처럼 물컵을 들거나 글씨 쓰는 일 등 일상생활을 하는 데 불편한 것들이리라고 생각했다. 또는 이상하게 쳐다보는 사람들의 눈빛, 자신들에게 도움이 필요할 때 다른 엄마처럼 무엇이든 척척 해주지 못하는 점일 거라고 생각했다.

나의 예상은 완전히 빗나갔다. 은성이는 엄마가 테트리스 게임에서 원하는 곳에 블록을 쌓지 못할 때 불편해 보인다고 했다. 실제로 가끔 테트리스를 할 때 내가 원하는 위치에 블록을 놓지 못할 때 아이가 놓아준 적이 있었다. 아이가 게임을 하고 싶어 하는 눈치여서 해볼 기회를 준 것뿐인데 아이는 나를 도와준 것이라고 생각했다는 사실에 놀랐다.

나는 은성이의 대답이 마음 불편하게 느껴지지 않았다. 아이만이 가질 수 있는 시선에서 순수함이 느껴져서 웃음이 나왔다. 동시에 가끔 아이들에게 게임하는 모습을 보여준 것이 찔렸다. 사실 나는 게임할 때 내 의지대로 조종할 수 없는 것보다는 노안 때문에 눈이 피로해지는 것이 더 불편하다. 아무튼 그 말을 들은 후 나는 게임 어플을 미련 없이 지웠다. 그러고는 게임 말고 다른 것은 없었냐고 다시 물어보았다. 아이는 크게 생각해본 적이 없어서 잘 모르겠다고 했다.

똑같은 질문을 진성이에게도 해보았다. 진성이는 일곱 살 때, 엄마는 장애인이기 때문에 많이 도와줘야 한다는 이야기를 아빠에게 들었다고 한다. 남편은 언제 또 이런 얘기를 했는지, 그가 평소 나를 배려해주는 것처럼 아이들도 그렇게 해주길 바라는 마음이 느껴져서 감동받았다. 아이는 당시 그 말을 들었을 때 약간의 충격을 받았다고 한다. 아이는 엄마가 손을 떠는 이유는 장애인이어서라기보다는 습관이라고 생각했다고 한다.

아이들은 태어날 때부터 장애가 있는 엄마를 봐왔다. 그래서 나는 있는 그대로의 모습으로 일상생활을 하거나 도움이 필요할 때 아이들에게 부탁하는 것을 자연스럽게 받아들이고 있었다. 그렇기에 본인들은 귀찮음이나 불편을 못 느끼는 것 같았다. 자신들과 다른 내 모습 또한 크게 염두에 두지 않고 있었다. 아이들이 엄마가 장애인이 아니었다면 하고 가정하거나 엄마가 장애인이라서 불편하다고 생각하지 않는다는 사실에 안도했다.

한편으로는 아이들은 나를 있는 그대로 바라보고 있는데 오히려 내가 은연중에 장애인은 불편하다는 전제를 깔고 질문했다는 생각이 들어 아차 했다. 명색이 장애인 인식개선 강사인 내가 장애인에 대한 부정적 인식을 심어준 것은 아닌지 염려되었다.

장애로 인해 은연중에 위축되어 있는 내 마음을 조금씩 펼 수 있는 계기를 마련해주는 아이들이 곁에 있다는 사실이 참으로 감사할 따름이다.

## 나도 모르게 눌리는 발작 버튼

아이들은 방문 학습지로 공부하고 있다. 한 아이가 그날따라 한자 문제를 많이 틀렸다. 나는 아이에게 “너무 많이 틀려서 부끄러워서 어디 가서 말도 못 하겠다”라고 놀렸다. 그러자 아이는 “나도 엄마가 장애인이라서 부끄러워”라고 되받아쳤다. 나는 아이가 진심으로 한 말이 아니라는 것은 알았지만, 듣는 순간 화가 났다.

나는 아이가 공부 끝낼 때까지 기다렸다가 따로 불러 이야기했다. 아이에게 좀 전에 엄마가 장애인이라서 부끄럽다고 한 말이 사실이냐고 물었다. 아이는 그렇다고 대답했다. 나는 아이에게 ‘나는 너를 최선을 다해 키웠는데 네가 그렇게 말해서 속상했다’라고 솔직히 말했다.

나는 아이에게 네가 부탁하는 것들인 학교 준비물 챙겨주기, 부모 참관수업, 간식 챙겨주기 등 엄마의 역할을 더는 하지 않겠노라고 말했다. 내가 생각해도 치사한 발언이었다. 아이는 약간 당황한 눈치였다. 자신은 엄마가 자신을 부끄럽다고 말한 것에 화가 나서 그렇게 말했다고 했다.

나는 아이가 홧김에 말했는지, 평소 그렇게 생각하고 있던 본심이 튀어나왔는지는 알 수 없었다. 하지만 아이가 나의 장애를 약점으로 여기고 이용했다는 것에 화가 났다. 나 역시 아이가 한자를 틀린 것을 가지고 약 올린 것은 잘못한 일이다. 아이와 나는 서로에게 상처 주는 말을 한 것에 대해 사과했다.

예전에는 아이가 그런 말을 했다면 '엄마가 장애인이어서 미안하다'는 사과가 먼저 나왔을 것이다. 하지만 그동안 나는 나름대로 최선을 다해서 아이를 키웠기에 전혀 미안하지 않았다. 또한 장애가 있다는 사실이 그리 대단한 일도 아니며 숨길 일도 아니라는 것을 이제는 안다. 오히려 부끄럽게 생각하도록 만드는 사람들의 문제지 내 잘못은 아니기 때문에 개의치 않게 되었다.

아이는 나와 있을 때는 장애를 부각해서 생각하지 않는다. 그저 게임 적게 하라고, 공부하라고 잔소리하는 엄마이거나 자신과 놀아주는 엄마로 인식하고 있다. 하지만 나를 자신의 시선이 아닌 다른 이들의 시선으로 한 단계 더 거쳐 바라보면 자신도 모르게 나를 부끄러운 엄마로 생각하게 된다. 가슴으로는 엄마가 괜찮은 사람이라는 것을 알지만, 머리로 받아들이는 부분에서는 아직 혼란스러워한다.

사회에는 여전히 장애인을 불쌍해서 도와줘야 한다거나 잉여 인간으로 취급하는 등 부정적으로 바라보는 사람들이 있다. 그러한 분위기 속에서 단지 엄마가 장애인이라는 이유만으로 긍정적으로 바라보도록 바라는 것은 나의 욕심이다. '다르다'는 사실이 숨기고 싶거나 부끄러운 것으로 치부된다는 사실이 조금은 서글펐다.

'다르다'는 것을 다른 측면에서 생각해보면 흔하지 않은 것이라고 생각할 수 있다. 따라서 장애를 '특별함' 내지 '보석 같은 존재'로 인식할 순 없을까? 그것이 힘들다면 장애인을 그저 다양한 사람 중 다른 특성을 가진 사람으로 바라봐주면 좋겠다.

그날 밤 나는 왜 아이가 없는 말을 하지도 않았는데 나의 장애를 들먹인 것에 화났는지 곰곰이 생각해보았다. 겉으로는 장애는 나의 일부일 뿐이라고 하지만 내면 깊숙한 곳에서는 그 말이 여전히 가시에 찔린 것처럼 아팠다. 마치 파블로프의 개 실험에서 개가 종소리만 들어도 침을 흘리듯이, 장애를 가지고 나를 공격한 것 같아 나도 모르게 발작 버튼이 눌렸다.

아이를 상대로 유치하게 싸웠지만, 아이와 나는 서로가 느낀 감정들을 솔직하게 말할 수 있었다. 다음에 아이들이 나의 장애를 언급할 때는, 장애가 있는 것은 부끄럽지 않지만 네가 말랐다는 말을 듣기 싫듯이 엄마 역시 기분 나쁠 수도 있다는 것을 좀 더 성숙한 모습으로 차분하게 말해주어야겠다.

# 엄마의 짝사랑을 받아준 아이

우리 부부는 아이들과 외출하면 한 명씩 손을 잡고 다닌다.

진성이는 항상 남편의 손을 잡는다. 나랑 손을 잡고 걷다가도 이내 남편의 손을 잡는다. 늘 아빠만 찾는 진성이가 괘씸하여 손에 힘을 주고 놓아주지 않은 적도 있었다. 그럼 내가 자신의 손을 놓아줄 타이밍만 호시탐탐 엿본다. 그 모습이 얄미워서 손을 꽉 잡았다가다도 이내 마지못해 놓아준다. 그럼 '이때다' 하며 남편에게 뛰어가는데, 그 모습을 바라볼 때 느껴지는 감정은 마치 이별하는 남자 친구에게 미련이 남아 붙잡고 싶어 하는 비련의 여주인공인 것만 같다.

진성이는 나와 다니는 것보다 남편과 다닐 때 더 편안해 보인다. 그렇게 행동하는 것이 이해되기도 한다. 다른 한편으로는 엄마가 자신을 보호할 수 있을 정도로 나약하지 않다는 사실을 몰라주는 것이 못내 섭섭하다.

은성이 역시 진성이처럼 아빠 손을 잡고 싶을 때도 있을 것이다. 그럼에도 속상한 내 마음을 아는 것처럼 나의 손을 잡아준다. 그런 은성이에게 아빠 손을 잡고 싶을 때가 있지 않냐고 물어본 적이 있다. 자신도 그럴 때가 있지만 진성이가 늘 잡으니까 양보한다고 했다. 그 말을 듣자 은성이가 왠지 모르게 안쓰러웠다.

은성이는 평상시에는 다른 사람의 감정을 살피기보다는 상황을 먼저 파악하는 아이다. 그런 아이가 츤데렐라처럼 나에게 감동을 준다. 그 자그마한 손이 내 손안에 쏘옥 들어오는 순간 작은 온기가 나의 몸 전체에 퍼져 나가는 느낌이다. 이럴 때는 아들이 하나가 아니라 둘이라는 사실이 얼마나 다행인지 모르겠다.

한번은 진성이에게 물어보았다. 밖에 나가면 엄마보다 아빠 손을 잡는 이유에 관해. 아이가 의도적으로 아빠 손을 잡은 것은 아니었을 것이다. 아빠가 엄마보다 자신을 더 잘 보호해 줄 것 같다고 믿어서 자신도 모르게 아빠 손을 찾았을 것이다. 그럼에도 나에게 미안한 마음이 들었는지 “그냥” 하며 대답을 얼버무렸다. 내가 그럼 다음부터는 외출할 때 손을 잡아도 괜찮은지 물으니, 별 고민 없이 상관없다고 했다.

그 대화를 나눈 후 진성이는 잊지 않고 나의 손을 잡아주었다. 진성이 손은 은성이처럼 도톰하지는 않다. 처음 아이의 손을 잡았을 때는 작고 말라서 어색했다. 하지만 은성이 손과는 또 다른 따스함이 있었다.

진성이에게 묻지 않았다면, 짝사랑 상대에게 고백하지도 못하고 끙끙 앓는 사람처럼 내 마음을 몰라준다며 못내 섭섭한 마음만 남아 있었을 것이다. 엄마는 너의 손을 잡고 싶다고 말했을 때 아이는 나의 마음을 외면하지 않고 받아주었다. 진성이를 향한 나의 짝사랑은 끝났다.

진성이는 초등학교 2학년이 되자 부쩍 여자 친구에게 관심을 가지기 시작했다. 고백을 받았는데 어떻게 행동해야 할지 몰랐다는 이야기와 '모솔'이라서 슬프다는 이야기를 듣고 있노라면 웃음이 절로 나온다. 그 말을 듣고있으면 언제 이렇게 컸나 싶기도 하다.

아이들도 어른이 될 것이고, 언젠가는 나에게 여자 친구를 소개해주는 날이 올 것이다. 그때는 미련 없이 아들 녀석의 손을 양보할 생각이다. 그날이 오기 전까지는 따스한 손을 오래도록 꼭 잡고 싶다. 그렇게 진성이가 나와 손을 잡아도 아무 불안을 느끼지 않도록 든든한 보호자가 되어주고 싶다.

# 엄마, 지금은 무슨 글 써?

2022년 롯데장학재단이 선정한 롯데출판문화대상 본상을 받은 수상자들의 책을 교보문고에서 전시한다는 소식을 전해 들었다. 나는 실물 영접을 위해 서울에 가보기로 했다. 남편은 내가 상 받은 사실을 아이들에게 알려주기 위해 데리고 가자고 했다.

서울 나들이가 처음인 아이들은 한껏 들떴다. 지하철 밖으로 보이는 풍경에 연신 조잘조잘댔다. 수많은 사람이 거리에 다니는 것을 낯설어했고, 텔레비전에서만 보던 건물들을 실제로 보면서 모든 것을 신기해했다.

아이들과 교보문고에 가서 수상자들의 책이 전시된 코너를 찾았다. 모니터에 엄마의 이름과 책이 나오자 아이들은 놀라워했다. 은성이는 전시된 책을 구경하고 나에 대한 소개 글을 꼼꼼히 읽은 후 이런저런 질문을 했다.

그 후부터 은성이는 글을 쓰는 나에게 관심을 갖기 시작했다. 컴퓨터 앞에서 글 쓰고 있으면 “엄마, 이번에 어떤 내용을 쓰고 있어?”, “언제쯤 책이 나와?”, “오늘은 왜 안 써?”라며 물어본다. 출판사 편집장님도 독촉하지 않는데 아들내미 눈치가 보여 책상 앞에 앉을 때도 있다. 책장의 책들 제목에 장애와 관련된 단어만 나오면 다 내가 쓴 줄 알고, 제목이 마음에 들지 않는다며 훈수를 두거나 그렇게 지은 이유를 묻기도 한다.

한번은 방에 누워 있는데, 거실에서 한 아이가 “대박”이라고 소리치고는 마치 대단한 것을 발견한 것처럼 나에게 달려왔다. “엄마, 네이버에 엄마 이름을 검색하니 엄마 얼굴이 나와.” 그러자 다른 아이가 “엄마가 책 내서 상 받았잖아! 그래서 유명한 거야”라며 알은체를 했다.

엄마는 유명한 사람이 아니라고 알려주었지만, 아이들은 인터넷에 나오는 것 자체에 신기해했다. 그러면서 이왕 유명해질 거면 시각장애인 크리에이터 한솔 님처럼 활동하면 좋겠다고 했다. 한솔 님 정도는 절대 될 수 없겠지만, 아이들 기대를 저버리지 않기 위해서라도 유튜버가 되어야 하나 몇 초간 고민했다.

나는 아이들이 내가 어떠한 글을 쓰는지 알고 있다는 사실에 기분이 좋았다. 글은 곧 나의 정체성이기 때문이다. 누구보다 아이들이 나를 인정해준다는 사실 덕분에, 엄마로서 위축되어서 쭈글쭈글한 마음이 빳빳하게 다림질되는 것만 같았다. 장애가 있어 숨기고 싶은 엄마가 아니라 자랑스러워하는 엄마가 된 것 같아 어깨에 뽕이 한껏 들어간 것처럼 기뻤다. 아이들을 위해서라도 글을 잘 쓰고 싶은 욕심이 생겼다. 그리고 글을 쓰길 잘했다는 생각이 들었다. 그동안 쓰면서 힘들었던 시간을 아이들의 반응으로 보상받는 듯했다.

지금 쓰고 있는 책의 주제는 나와 아이들에 관한 이야기다. 아이들은 벌써 '우리 이야기가 어떻게 탄생할지?', '누구 이야기가 더 많이 실릴지?'를 궁금해한다. 나는 아들이자 독자가 될 아이들이 읽을 수도 있다는 생각에 예전보다 더 공들여 글을 쓰고 있다.

미래에 내 책을 읽은 아이들과 독서 토론하는 모습을 상상해본다. 부디 글이 이상하다거나 자신들 이야기를 이렇게밖에 쓸 수 없었냐고 따지지만 않으면 좋겠다. 그 상황을 상상하니 간담이 서늘해진다. '내가 너희를 어떤 마음으로 키웠고, 얼마나 사랑하고 있는지'가 잘 전달되면 좋겠다.

## 마라탕과 함께한 이색적 운동회

2주 전에 학교에서 부모님과 함께하는 한마음 운동회를 연다는 안내장이 왔다. 내게는 운동회 날짜보다 도시락 준비와 부모님이 참여하는 게임 종목이 큰 관심사였다. 학생 수가 적은 시골 학교여서 의무적으로 이어달리기에 참여해야 할까 봐 두려웠다.

안내문에 따르면 학교 급식이나 도시락으로 해결하거나 점심시간에 잠깐 외출해서 먹는 쪽을 자유롭게 선택할 수 있었다. 아이들에게 운동회 날에까지 급식을 먹게 하는 것은 엄마로서 양심에 찔렸다. 그러나 다른 엄마처럼 예쁜 도시락을 만들 자신도 없었다. 그렇다고 나도 준비하지 않는 도시락을 남편이나 어머님께 부탁하는 것도 맞지 않았다. 결국에는 아이들이 예전부터 먹고 싶어 한 마라탕을 먹기로 했다. 미리 얘기하자 아이들도 동의했다.

운동회 날 우리는 자리를 잡기 위해 서둘렀다. 아이들 간식만 간단히 챙겨 갔다. 운동장 벤치에 자리를 잡자마자 다른 부모님들이 준비해 온 것들을 나도 모르게 스캔하기 시작했다. 많은 분이 양손에 무겁게 가져온 것들이 눈에 띄었다. 도시락보다는 치킨, 햄버거 등 배달 음식들이 보여서 죄책감이 약간 줄어들었다.

점심시간에 식사하기 위해 이동하는 차 안에서 한 아이가 운동장에서 도시락을 먹고 싶다고 이야기했다. 순간 나는 아이에게 미안해졌다. 그리고 내년에는 김밥, 피자 등을 사 와야겠다고 생각했다. 어머님은 내년에는 도시락을 싸주겠다고 아이와 약속하셨다. 다행히 아이들은 그날 먹은 마라탕이 맛있었는지 다음에 또 오고 싶다고 했다.

나의 어린 시절 운동회가 떠올랐다. 우리 엄마는 다른 엄마들보다 늦게 오셨다. 엄마가 언제쯤 올까? 목이 빠지게 기다린 것이 기억난다. 엄마는 김밥, 갈비, 어묵탕, 과일 등을 바리바리 사 오셨다. 그 모습을 보니 늦게 나타난 것에 대한 원망이 사르르 녹았다.

날 위해 준비한 음식들을 보며 엄마의 정을 느꼈던 도시락의 추억을 나는 아이들에게 만들어주지 못했다. 엄마처럼 아이들에게 푸짐한 도시락을 싸주지 않는 것에 대한 찜찜함이 자기 전까지 목에 걸려 있었다. 마치 운동회 하는 날에는 도시락을 싸야만 엄마로서의 임무가 완성되는 듯한 압박감이 짓눌렀다.

평소 요리를 못해도 괜찮다고 최면을 걸지만, 불쑥불쑥 정말 괜찮은지를 생각해보면 불편한 감정이 남는다. 음식을 잘하지 못한다는 사실 때문에 그동안 나름대로 다양한 역할을 해왔다는 기억들이 모래알 흩어지듯 사라진다. 엄마라면 요리를 잘해야 한다는 일반적 공식을 내가 깨버린 느낌이었다.

남편은 말한다. 우리는 어릴 때 엄마가 해주는 밥을 먹고 자란 세대지만 지금 아이들은 배달 음식, 사 먹는 반찬이 익숙한 세대라고. 추세는 늘 변하기 때문에 과거에 얽매일 필요가 없다고. 그런 말을 들어도 내가 책임을 다하지 못했다는 죄책감은 쉽게 지워지지 않았다.

또 나는 아이와 부모들이 함께하는 경기 종목이 두려웠다. 아이 친구들이 경기에 참여하는 내 모습을 이상하게 쳐다보고 그 시선이 아이들에게 옮겨 갈까 두려웠다.

다행히 이어달리기 같은 단독 게임은 없었고, 단체로 바구니를 이어 옮기는 놀이만 진행되었다. 경기에 참여할 때 아이들이 나를 창피해할까 봐 조금 두려웠지만 다행히 나와 경기하는 것을 꺼리지 않았다.

평소 아이들 입을 통해서만 들은 친구들과도 자연스럽게 인사했다. 나 스스로 장애가 있어도 괜찮다고 늘 다짐하지만, 매번 아이들 친구들 앞에서 쪼그라드는 마음은 어쩔 수 없었다. 하지만 운동회에 참여하는 틈틈이 나에게 손 흔드는 아이들과 반 친구들을 보면서 두려움을 조금은 내려놔도 되겠다고 생각했다.

나는 다른 사람들에게 장애를 드러내는 것에 대한 감정을 어느 정도 극복했다고 생각했다. 하지만 아이와 관련된 부분에서는 여전히 큰 용기가 필요했다. 이 두려움이 해가 갈수록 옅어지면 좋겠다. 그러기 위해서는 '아이들이 나를 외면하지 않았어!' 또는 '다른 학부모나 아이 친구들에게 나의 장애를 잘 숨겼어!'라는 안도감이 아닌 '내 장애를 당당하게 드러냈어!'라고 말할 수 있는 용기가 필요하다.

한편 예전에 내가 장애인이라는 사실을 숨기고 싶어 했던 아이들의 마음이 늘 똑같지는 않다는 사실도 깨달았다. 그것은 그 당시 두려움이었고 어느 순간에는 사라진다는 것을 오늘 운동회에 참가하면서 알게 되었다. 나는 그때의 아이들 생각에 나를 가둬놓고 혼자 두려워하고 있었다.

## T와 F 아들이 엄마를 대하는 태도

요즘 엄마들 사이에서 자신의 아이가 T형인지 F형인지 알아보기 위해 "엄마가 속상해서 빵을 사 왔다"라고 아이에게 말하는 테스트가 유행이다.

나도 아이에게 물어본 적이 있다. 그러자 T형 아이는 포켓몬 빵을 샀는지 물었고, 다른 F형 아이는 속상한 일이 있냐고 물었다. 두 아이의 이야기를 들으면서, 쌍둥이로 태어났지만 어쩜 이리도 다르게 대답할까 싶어 웃음이 나왔다.

두 아이는 장애를 대하는 태도도 완전히 다르다. 한번은 아이들이 주말 당직인 아빠를 따라 아빠가 일하는 시설에 가서 봉사활동을 했다. 이때 나를 제외하고는 직접적으로 장애인을 처음 보았다. 이후에는 나의 장애 유형뿐만 아니라 다른 유형의 장애에 대해서도 궁금증이 많아졌다.

한 아이는 장애인에 관해 질문하기 전에 꼭 '엄마 기분 나빠지라고 물어보는 것이 아니'라며 내 표정을 살피고 운을 뗀다. 시설에 있는 장애인들의 특성, 가족이 보고 싶으면 집에 갈 수 있는지 여부 등을 감정적인 시선으로 물어본다.

반면 한 아이는 '지적장애인은 어떠한 특성이 있는지?', '드라마 「이상한 변호사 우영우」의 주인공과 아빠가 다니는 시설에 있는 장애인은 어떤 점이 다른지?', '발달장애인의 아이큐는 몇인지?' 등을 직설적으로 물어본다.

두 아이와 각각 대화하다 보면 한 편의 드라마를 보는 것 같기도 하고 뉴스를 듣는 것 같기도 하다.

나를 대할 때도 두 아이의 태도는 극명하게 다르다. 어느 날은 아이들이 공부하다가 물을 떠달라고 부탁했다. 나는 작은 물컵을 들고 가다가 쏟을 확률이 높기 때문에 아이들에게 직접 떠 마시라고 했다.

한 아이는 '아차' 하면서 직접 물을 따라 먹었다. 하지만 한 아이는 물컵 대신 큰 물병에 담아 오면 되지 않냐고 했다.

아이 말을 들어보니 이제껏 나는 나 자신을 물을 떠줄 수 없는 사람으로만 생각하고 있었다. 다른 방법으로 시도할 생각을 해보지도 않고 있었다. 그런 엄마에게 꼭 물을 떠다 달라고 부탁하는 녀석을 보니 웃음이 나왔다.

똑같은 상황에서 한 아이는 나를 배려했고, 한 아이는 엄마니까 장애와는 별개로 요청해도 무방하다고 생각하는 것 같았다.

아이들 중 누가 잘하고 누가 잘못한 것은 아니다. 둘 모두 자신이 받아들이고 싶은 대로 엄마를 받아들였다. 내가 자신들에게 특별한 존재지만 때로는 다른 엄마와 별반 다르지 않다고 여기는 두 가지 감정을 고르게 가지고 있었다. 나도 아이들 각자가 나를 대하는 방식을 그대로 존중하고 싶다.

아이들은 장애인을 무조건 배려해야 한다는 생각으로 나를 대하지 않는다. 또는 먼저 도움을 주어야 한다는 식으로 사회에서 학습한 것처럼 행동하지도 않는다. 외부 요인에 의한 결과가 아니라, 자신들이 장애가 있는 엄마에 대해 생각하고 정리한 결과를 바탕으로 나를 대했다. 순전히 자신의 의지로 선택한 행동이었다. 아이들이 표현하지는 않았지만, 장애가 있는 엄마를 그저 불편한 엄마, 자신들에게 부담되는 엄마로만 인식하지 않아줘서 고마웠다.

# 츤데렐라의 따스함

우리 부부는 코로나 팬데믹 이전까지는 해마다 해외여행을 했다. 아이들이 태어난 후에 함께 여행할 시기로 언제가 좋을지 이야기한 적이 있다. 남편은 장애가 있는 나를 챙기면서 아이들까지 챙길 여력이 없다고 했다. 그렇기에 호텔에서 조식을 스스로 먹을 수 있는 나이가 되면 함께 가기로 결론을 내렸다.

1년 전 우리는 해외여행 가기 전에 시험 삼아 제주도 여행을 다녀왔다. 생각 외로 아이들은 스스로 밥을 잘 먹었고, 여정이 길어도 짜증내지 않고 잘 걸어 다녔다. 그 모습을 보니 아이들이 초등학교 2학년이 되면 해외여행이 가능할 것 같았다.

우리는 아이들 컨디션을 고려하여 일정이 빽빽한 패키지 여행이 아니라 자유 여행을 선택했다. 아이들과 처음 하는 여행이어서 설렜지만, 아이들이 갑자기 아프거나 생각지도 못한 변수가 생길까 봐 긴장되기도 했다.

비행기를 타고 갈 때는 은성이와 내가 나란히 앉았다. 원래 비행기 안에서 식사가 나오면 남편이 대신 음식을 받아주었다. 이번에는 음식이 나오기 전에 은성이에게 그 역할을 대신하도록 미리 부탁했다. 은성이는 그때부터 나의 보호자 모드로 태세를 전환했다. "빵에 버터 발라줄까?" 물어보기도 하고 반찬 뚜껑을 하나하나 열어주었다. 먹고 싶은 음료수가 있을 때 자신에게 말하면 승무원에게 전해서 받아주겠다고도 했다.

식사가 끝난 후 나는 엄마를 도와줘서 고맙다고 말했다. 그러자 은성이는 평상시와 다름없었다고 대답했다. 또한 다음에 엄마 말고 다른 장애인을 만나면 이렇게 도와줄 거라고 말하며, 자기 나름대로는 재미있었다고 했다.

나는 아이가 나를 챙기려는 부담감으로 인해 즐거운 여행이 방해받을까 봐 신경 쓰였다. 도와주는 것이 아무렇지 않았다는 아이 대답에 조금 안도했고 진심으로 고마웠다. 식사 후에도 내가 영화를 보기 위해 스크린을 누르고 있으면 도와주려고 하는 등 자신이 볼 때 도움이 필요할 것 같으면 계속 물어보았다.

평상시 은성이는 다른 사람에게 큰 관심이 없는 아이다. MBTI 유형으로 따지면 뼛속까지 전형적인 T형인지라 비행기 안에서 나에게 한 행동들이 낯설게 다가왔다. 때로는 차갑게 느껴지지만, 남편의 배려 DNA를 물려받은 것이 틀림없었다. 아이의 도움으로 남편 또한 나를 챙겨야 한다는 의무감에서 잠깐이나마 해방되었다.

여러 해 전 사이판을 여행했을 때 시각장애 아빠를 모시고 온 딸을 만난 일이 생각났다. 여행 내내 아빠를 살뜰히 챙기는 딸의 모습이 보기 좋았다. 시각장애 아빠의 장애를 온전히 받아들인 따님을 둔 아빠가 부러웠다. 그때 나는 나중에 태어날 우리 아이도 나와 여행 다닐 정도로 사이가 가까우면 좋겠다고 생각했다. 비행기 안에서뿐만 아니라 여행 내내 나의 손을 꼭 잡고 다닌 아이를 보면서 그때의 바람이 이루어졌다고 생각했다.

여행이 끝날 무렵 은성이가 비행기 비즈니스석을 타보고 싶다고 말했다. 나는 네가 어른이 되면 그럴 수 있을 거라고 했다. 대답을 듣고 무언가를 곰곰이 생각하던 은성이는 이번에 엄마가 여행에 데려간 것처럼 자신이 크면 여행에 데려가 주겠다며 어느 나라를 가고 싶냐고 묻더니 그때는 자신이 비즈니스석에 태워주겠다고 했다.

그렇게 말하는 아이를 보면서 이번 여행에서 장애 엄마와 함께하는 부담감보다는 즐거움이 더 컸음을 알 수 있었다. 나중에 아이가 어른이 된 후 함께 여행 다니는 것을 상상하는 것만으로 흐뭇한 미소가 지어졌다. 다음에 또 아이들과 여행할 때는 미안한 마음을 내려놓고 온전히 즐기고 싶다.

# 아이에게서 나를 발견한다

어릴 적 나는 다른 사람들 눈에 띄는 것을 극도로 싫어했다. 학교 선생님이 발표시키거나 칠판 앞에 나가 수학 문제를 풀어보라고 할까 봐 늘 가슴이 조마조마했다.

직장에서도 앞장서서 일하다가 실수하는 모습을 남들에게 들킬까 봐 겁이 났다. 그런 이유 때문인지 자연히 뒤에서 다른 사람의 업무를 서포트하는 것이 훨씬 편안해졌다. 또한 남들에게 도움을 요청하면 연약해 보이는 내 모습을 들키는 것 같아 많이 망설였다. 늘 두려움이 앞섰다.

그 마음을 자세히 들여다보면 나의 장애가 사람들에게 드러나는 것 같아서 싫었던 듯하다. 지나고 보면 장애인이라는 사실이 잘못한 일도 아니고 불완전한 것도 아닌데도 불구하고 나 스스로가 많이 위축되어 있었다.

이러한 모습은 엄마가 되어서도 크게 변화하지 않았다. 아이들 눈에도 내가 소극적으로 보였을 것이다. 그 모습을 보고 자란 아이들에게서 내 모습을 발견한다. 아이들 역시 나처럼 학교에서 발표하는 것보다 듣는 것을 선호한다. 도움이 필요할 때도 뭔가를 요청하기보다는 불편함을 감수하는 쪽을 택한다. 지금은 그렇지 않지만, 학교에 입학하기 전에는 교회에서 화장실에 가고 싶지만 말하지 못하고 오줌을 참은 적도 있었다.

아이들의 소극적인 모습을 볼 때마다 나의 모습이 대물림되는 것 같아서 속상했다. 하지만 나 역시 적극적이지 못하면서 아이들에게 당당해지라고 요구하는 것은 그저 내 욕심이고 이율배반적이다.

적극적 행동은 자연스레 할 수 있는 것이 아니다. 자주 부딪치며 자신만의 노하우를 습득하고 경험을 쌓아서 만든 성공의 결과물이다. 우리 아이들은 나의 장애로 인해 적극적인 행동을 배울 기회가 없었다. 힘들면 도움을 요청하는 것이 자연스러움에도 불구하고, 다른 이들에게 피해를 주는 일이라고 인식한다.

나는 장애가 있지만 아이들을 잘 키워야 한다는 생각과 다른 이들의 도움을 받아야 하는 현실 사이에서 자괴감을 느꼈다. 아이들을 키우는 내내 공존한 여러 감정에서 자유롭지 못했다.

생각해보면 내가 할 수 없는 부분에 관해 다른 사람의 도움을 받는 것은 당연한 일이다. 사람은 홀로 살아갈 수 있는 존재가 아니다. 도움이 필요하면 요청하기도 하고, 도움이 필요한 이들에게 도움을 주기도 한다. 나 역시 장애와 상관없이 도움을 주고받는 존재일 뿐이다.

하지만 도움을 받는 데 대한 부담감과 다른 이들의 이목이 쏠리는 사실이 두려웠다. 그 두려움은 엄마인 나와 아이들이 성장하는 데 결코 도움이 되지 않았다. 언제까지 나 자신이 나약한 존재로 보이는 것이 두려워 숨어 다닐 수는 없었다. 아이들에게 완벽한 엄마로 보이고자 애쓰기보다는 있는 그대로의 모습을 보여줄 필요가 있었다. 자신을 비로소 인정할 때 자기를 존중하며 사랑할 힘이 생긴다. 아이들이 그런 엄마의 모습을 보고 자라면 자존감이 강한 사람으로 성장할 수 있을 것이다.

나는 엄마로서 할 수 있는 최선을 다해 은성이와 진성이를 키울 것이다. 다른 이들의 시선이나 평가를 두려워하거나 신경 쓰지 않기로 했다. 그저 아이들 엄마가 된 사실에 감사하고 싶다. 더는 장애라는 틀 안에 나를 가두어 엄마 역할에 제한을 두지 않겠다. '장애'라는 수식어를 떼고 엄마와 아이들의 관계에 집중하고 싶다. 그래야만 우리 관계의 범위가 확장될 것이다.

열 살 아이들을 키우면서, 당당함이란 완벽한 엄마의 모습을 갖춰야 형성되는 것은 아니라는 사실을 깨달았다. 장혜영 의원은 「연약하다는 것은 약하다는 것이 아냐?」라는 노래를 작사, 작곡했다. 이 노래를 들을 때마다 나는 약하지 않고 연약할 뿐이라고 되뇐다. 나의 연약함을 인정하고 도움이 필요할 때 요청하는 모습이야말로 진정으로 당당한 모습이다.

## 꼬치전을 함께 만든 명절 풍경

명절이 되면 시댁과 친정에 간다. 2년 전 설 연휴 때는 남편이 당직이어서 어머님만 홀로 포항에 가셨다. 명절에는 늘 음식을 푸짐하게 먹고 아이들은 사촌 형들과 노느라 북적였는데 그해 설에는 우리 가족만 남아 있다 보니 적막함이 느껴졌다.

남편은 우리끼리라도 명절 분위기를 내보자며 아이들과 꼬치전을 만들자고 제안했다. 결혼한 지 10년이 넘었어도 늘 어머님이 해주시는 명절 음식만 받아 먹었다. 직장에서 장애인들과 함께하는 명절 프로그램 중 하나로 꼬치전을 만들 때 도우미로 잠깐 참여해본 것이 전부여서 큰 자신이 없었다.

재료 준비부터 만만치 않았다. 썰어놓고 보니 재료들 굵기가 들쑥날쑥했다. 단무지나 마늘종은 단단한 편이라 산적꽂이에 그럭저럭 꽂을 수 있었다. 하지만 맛살이나 햄 같은 것들은 다 찢어져버렸다.

생각대로 되지 않아서 애먹는 내 모습을 본 은성이가 꼬치전을 분업해서 만들자고 제안했다. 자신이 산적꽂이에 재료를 꽂으면 엄마가 밀가루와 계란을 바르는 것이 좋을 것 같다고 했다. 엄마가 요리를 잘 못하니까 배제하기보다는 한 부분이라도 참여할 수 있게 마음 써주는 은성이가 고마웠다. 이후 마지막 과정에 남편의 손길도 더해져 꼬치전이 완성되었다. 그날 우리 집은 명절 분위기가 흘러넘쳤다. 아이들은 연신 맛있다며 '엄지척'을 날렸다. 그렇게 우리의 첫 명절 음식 만들기 체험을 성공적(?)으로 마무리할 수 있었다.

그때까지 아이들과 쿠키를 굽거나 젤리를 만드는 등의 일은 늘 남편이 담당했다. 나는 아이들이 만드는 모습을 촬영하거나, 모두 끝난 후의 뒷정리를 주로 담당했다. 만드는 과정에 참여는 하지만 왠지 한 발짝 물러나 있는 듯했다. 옆에서 지켜보는 것과 아이들과 함께 직접 만들어보는 것은 사뭇 느낌이 달랐다.

아이들이 내가 음식을 예쁘게 만들거나 호텔에서 맛볼 수 있는 요리 실력을 발휘하기를 원하는 것은 아니었다.

한번은 같이 빵을 만들면서 각자가 원하는 모양대로 만들기로 했다. 은성이는 좋아하는 로봇 캐릭터를 만들고, 진성이는 똥 모양을 만들었다. 처음에 만들 때는 몰랐는데 진성이의 빵을 오븐에 굽자 색이 갈색으로 변해서 진짜와 비슷한 결과물이 나왔다. 우리는 그것을 보자마자 동시에 빵! 하고 웃음을 터뜨렸다. 그 똥빵은 아무도 먹지 않겠다며 서로 양보했다.

아이들과 나는 무언가를 만드는 과정에서 각자 만든 것에 관해 이야기하며 웃고 떠드는 그 시간이 좋았다. 비록 우리가 만든 음식은 모양이 엉성했지만 그 시간을 충분히 즐길 수 있었다.

함께 뭔가를 만든 기억들이 좋게 남았는지 아이들은 2년째 학교에서 방과 후 수업으로 요리를 신청하여 참여하고 있다. 요즘은 학교에서 배워 온 것들을 선생님처럼 가르쳐준다. 그럼 나는 학생이 되어 진지하게 듣는다. 아이들이 만들어 온 음식을 먹으면서 아주 맛있다고 말하면 아이들은 뿌듯해한다.

꼬치전을 만든 날 이후 우리는 다소 실험정신을 가미한 요리를 즐기면서 하고 있다. 내가 음식 만드는 방법을 잘 모르기 때문에 아이들이 만드는 것에 제한이 없다. 그러다 보니 아이들은 주저하지 않고 다양하게 시도한다.

남편은 나와 아이들이 만든 것들을 보면서 알 수 없는 표정을 짓는다. 겉으로 말은 하지 않지만 '과연 이게 사람이 먹어도 되는 음식이 맞는지?' 의문을 지닌 듯한 얼굴이다. 남편의 반응은 중요하지 않다. 우리가 즐겁다는 사실이 더 의미 있다.

아이들은 엄마와 함께하는 요리에 놀이 이상의 의미를 두지는 않는다.

그동안 나는 아이들과 음식을 만드는 것을 너무 거창하게 생각했고, 어려운 일이라고 여겼다. 아이들과 꼬치전을 만들면서 깨달은 게 있다. 요리뿐만 아니라 모든 일에서 '잘해야 한다'라는 강박을 내려놓으면 도전이 두렵지 않고 훨씬 쉽다는 사실이다. 잘하기보다는 그냥 하는 것 자체만으로 즐길 수 있는 것들은 무궁무진하다.

# 신경 끄셔도 됩니다

대부분의 사람은 비장애인과 장애인의 사랑을 순수하게 바라보지 않는다. 그 연인이 결혼하는 이유는 장애인 쪽이 뛰어난 능력을 갖추고 있거나, 비장애인이 측은지심을 사랑으로 착각한 결과라고 생각한다. 그리고 결혼하고 나면 착각은 저절로 사라질 거라고 생각한다.

막상 결혼해서 아이를 낳으니, 사람들의 관심이 아이 양육으로 넘어갔다. '아이는 제대로 키울 수 있나?', '이유식은 만들 수 있나?', '엄마가 장애인이라는 사실을 아이가 받아들일지 의문이다'라는 식의 걱정을 가장한 무례함이 선을 넘을 때도 있었다. 남편과 연애를 시작했을 때부터 지금까지 주제만 다를 뿐 '장애인은 할 수 없다'라는 프레임이 끊임없이 이어지고 있다.

아이에 관한 일 역시 마찬가지다. 주변 사람들은 나를 위한답시고 '한 명만 낳아라', '손이 덜 가는 남자아이를 낳아라'라는 등 나를 대신해 자녀 계획을 세워주었다. 키워주지 않을 거면 그런 조언 따위는 할 필요가 없다. 오지랖에 불과하기 때문이다.

나는 5년 동안 난임이었다. 그 기간 동안 다른 사람들은 내 장애 때문에 아이가 생기지 않을 것이라고 장담했다. 오히려 장애가 있으므로 아이가 없는 것이 낫다는 위로 아닌 위로를 했다. 한 가정에 아이가 없는 것에 '무엇 때문에'라는 단서가 붙을 수 있는 것은 아니다. 아이를 낳는 것은 부부가 자신들의 의견과 상황에 따라 결정하면 되는 일이다.

나는 장애인도 아이를 키울 수 있다는 것을 보란 듯이 보여주고 싶었다. 부모가 된다는 건 중도에 하차할 수 없는 일이다. 나의 한계를 뛰어넘어야 하는 부분도 분명히 있었다. 아이를 키우는 모든 과정은 포기할 수 없는 도전 같았다. 완벽한 엄마가 될 자신은 없었다. 다만 내가 필요하다면 언제든지 달려갈 수 있는 엄마가 될 자신은 있었다.

사람들이 나를 진정으로 걱정한다면 말만 하는 것보다 복직 전 독박 육아로 지쳐 있을 때 따스한 위로 한마디를 더 해줄 필요가 있었다. 그것도 아니면 먼저 아이를 키운 선배로서 열이 날 때 대처하는 방법, 잘 재우는 법 등 자신만의 노하우를 알려주는 것이 더 고마울 것 같았다.

물론 진정 힘이 되어준 사람들도 있었다. 남편이 출근한 후 아이 둘 데리고 병원에 갈 때면 힘들까 봐 함께해준 지인들이 있었고, 시간 내어 우리 집에 와서 잠 좀 자라며 아이들을 대신 봐준 이들도 있었다. 그렇게 고마운 이들이 있었기에 무례한 사람들이 나에게 주었던 상처들이 아물 수 있었다.

나는 프로 참견러들의 판단이 잘못되었음을 증명하기 위해 노력했다. 우리 아이들이 또래보다 한글 떼기가 뒤처지면 안 되고, 성장 범위가 평균에 미치지 못하는 것에 스트레스를 받았다. '저 아이는 왜 저렇게 크지?', '재는 벌써 영어 공부를 시작했구나'라는 판단의 기준점은 내 아이들의 과거나 현재의 모습이 아니라 다른 아이였다. 몇 년 전까지만 해도 나는 다른 사람의 시선으로 아이를 키웠다.

지금 돌이켜보면 아이들은 자기 속도대로 크고 있었다. 내 조급함의 근거를 찾아보면 '장애인이라서 그렇다'라고 손가락질당할 봐 두려워했던 마음이었다.

프로 참견러들의 생각이 옳을 수도 틀릴 수도 있다. 그렇기에 이제는 그런 말을 들으면 침묵하며 은연중에 동의를 표하지 않는다. 그렇게 말하는 사람들에게 세상에는 비장애 엄마만 아이를 키우는 것이 아님을, 다문화인, 장애인, 싱글 대디 등 다양한 양육자가 존재함을 말해주고 싶다.

그 다양한 사람이 아이를 키울 때 주변에서 기존 잣대와 기준으로만 바라보지 않았으면 한다. 편견 어린 시선을 받으면 자신도 모르게 위축되기 마련이다. 자신이 잘못한 일이 아니라고 생각하며 당당히 키울 수 있으려면 주변 사람들의 응원과 공감이 필요하다.

# 아이들을 거저 키우지 않습니다

직장에서 같이 근무하는 선생님 중 한 분이 "자기는 쌍둥이 아이를 거저 키우지 않나?"라고 웃으면서 말한 적이 있다. 아마도 어머님이 아이들을 봐주시는 것을 두고 한 말인 듯했다. 내가 장애가 있으니 어머님이 다 해주실 것이라고 추측한 듯하다.

나는 그 선생님의 말에 전적으로 동의할 수 없었다. 어머님이 아이를 봐주시는 이유는 내가 장애인이기 때문이 아니라 일하는 워킹맘이기 때문이다. 또 어떤 이는 남편이 전적으로 아이들을 돌보는 것으로 전제하고 내게 질문한다.

두 사람의 공통점은 내가 아이들을 위해 아무것도 안 하는 무늬만 엄마라고 생각한다는 것이다. 만약 내가 엄마로서 나름대로 역할을 하고 있다고 가정하면 '부부가 아이들을 어떻게 키우는지?', '가사는 어떻게 분담하고 있는지?' 등이 올바른 질문이다.

장애 때문에 내 손으로 직접 돌볼 수 없는 부분은 분명 존재한다. 그렇다고 해서 남편이나 어머님이 모든 역할을 도맡는 것은 아니다.

나는 내가 할 수 있는 역할은 책임지고 한다. 예를 들어 남편이 퇴근 후 운동하는 시간에는 내가 아이들 숙제와 공부를 봐준다. 아이들 학교 준비물이나 필요한 물품은 내가 알아서 구입한다. 나 역시 워킹맘으로서 고충이 있다.

하지만 사람들은 나를 그저 워킹맘으로 바라보지 않는다. 그들에겐 내가 일을 하는 건 그다지 중요하지 않다. 그저 장애가 있는 나 때문에 시어머니와 남편이 희생한다고 생각한다. 이렇듯 사람들은 장애 여성을 한 아이의 엄마로, 일터에서 일하는 사람으로 그리지 않는다.

아마도 장애인이면서 워킹맘으로 살아가는 모습이 많이 노출되지 않았기 때문일 것이다. 그렇기 때문에 장애 여성도 기회가 된다면 사회생활하며 일해야 한다. 자신을 위해서도 커리어가 필요하지만, 비장애인들과 함께 일함으로써 장애 당사자도 아이를 키우면서 일할 수 있다는 인식을 심어줄 필요가 있다.

워킹맘으로 살면서 아쉬운 점도 있다. 육아휴직을 끝내고 직장으로 돌아갈 시기에 아이 돌보미가 좀처럼 구해지지 않았다. 당시 어머님이 쌍둥이를 틈틈이 봐주시지 않았다면 나의 의지와는 상관없이 아이들을 키우고만 있었을 것이다. 복직 기회를 놓친 것에 대해 아이들을 원망할 수도 있었을 것이다.

일하는 엄마가 퇴직을 고민하는 시기는 일반적으로 두 번 찾아온다. 첫째는 아이를 낳았을 때, 둘째는 아이들이 초등학교 들어가는 시기다.

육아를 위해 퇴직하면 경단녀(경력 단절녀)가 되기 쉽다. 특히 장애가 있는 엄마라면 더욱더 그렇다. 장애인 취업이 예전보다는 쉬워졌다고 하지만 재취업하는 것은 여전히 비장애인보다 훨씬 어렵다. 다른 사람들은 파트타임으로도 일할 기회가 있지만 장애인은 그것마저도 쉽지가 않다. 재취업이 되지 않았다면 나는 장애가 걸림돌이라고 비관하며 살았을 것 같다.

장애 워킹맘들이 출산 후 일을 놓지 않기 위해서는 사회 서비스 보장에 관한 기존 제도가 개선될 필요가 있다. 예를 들어 육아휴직을 끝내고 복직할 때 아이 돌보미를 이용하는 부분과 유치원 입학 시 추첨제, 초등학교 돌봄교실을 신청할 때

우선순위에 해당되면 좋을 것이다. 즉, 다문화 가정, 다자녀 가정과 마찬가지로, 부모가 장애인인 경우 우선순위에 배정되었으면 하는 바람이다.

어떤 이들이 보기에는 이러한 제도가 특혜 같을 수도 있다. 그러나 약간의 사회제도가 뒷받침하면 사회적 약자들도 다른 사람의 도움을 받는 존재가 아닌 사회 구성원으로 살아갈 수 있다. 그러한 환경이 보장된다면 장애 여성도 얼마든지 워킹맘으로 살아갈 힘을 가질 수 있다.

나는 육아휴직 기간을 제외하면 워킹맘으로 산 지 올해로 9년 차에 접어든다. 워킹맘이라면 자연스레 가족에게 생기는 미안한 감정이 있다. 그러나 일을 포기하고 싶지는 않다. 아이들에게 엄마로서 사회 구성원들 가운데에서 당당히 살아가는 모습을 보여주고 싶다.

마지막으로, 사람들에게 내가 아이를 거저 키우고 있지 않음을 말해주고 싶다. 나름대로 힘든 점이 있지만 엄마로서 최선을 다해 노력하고 있다고.

## 내 속에 내가 너무 많아!

여자는 엄마가 되는 순간 아이에게 삶의 초점을 맞추기 마련이다. 예를 들면 쇼핑할 때 마음에 드는 옷을 발견해도 사고 싶은 마음을 억누른다. 대신 많은 엄마가 아이나 남편의 옷을 구매한다고 한다.

우리 남편은 취향이 워낙 확고하여 자기 옷은 알아서 사 입는 편이어서 내가 관여하지 않는다. 한편 아이들은 이제 어느 정도 커서 자신이 고른 옷이 아니면 입지 않기 때문에 내가 일방적으로 구입할 수 없다. 아이들이 어렸을 때는 아이들 옷을 내가 구입했다.

그때도 나는 내가 입고 싶은 옷에 더 눈길이 갔다. 한때는 이것 때문에 '내가 모성애가 부족한 건 아닌가?' 하며 의심한 적도 있다. 그러나 옷을 제외하면 좋은 곳에 가거나 맛있는 음식을 먹을 때는 아이들이 생각나는 것을 보면 모성애가 부족하지는 않다.

직장 생활을 시작하면서 생긴 변화는 부모님에게 용돈을 받지 않게 됐다는 것 외에 그동안 돈이 부족해서 사지 못했던 옷들을 한풀이하듯 구입했다는 것이다.

결혼하고 아이를 낳은 후에도 나의 쇼핑은 멈추지 않았다. 육아하다 보면 제대로 된 옷을 입기는커녕 머리 감을 시간도 밥 먹을 틈도 없다. 그런데도 자꾸 예쁜 옷에 눈이 갔다. 계절이 바뀌면 루틴처럼 옷을 사기 위해 인터넷 쇼핑몰을 열심히 검색했다. 책임져야 할 아이들이 생기면 자연스레 엄마들은 자신에게 투자하는 비용에 인색해진다고 한다. 나는 그러지 않았다. 감사하게도 남편은 내가 옷을 사며 느끼는 즐거움을 알기에 별 잔소리를 하지 않았다.

나는 내가 옷에 집착하는 이유를 생각해보았다. 원인은 크게 두 가지였다.

첫째는 어릴 적 엄마가 빠듯한 살림 때문에 자신의 옷을 사 입을 여유가 없었던 것이다. 엄마는 돈이 생기면 자신의 옷을 사는 대신 나와 내 동생의 운동화값, 학원비로 사용했다. 당시 나는 번번한 옷 한 벌 없는 엄마가 안쓰러웠다. 그때 엄마처럼 살지 않고 나에게 투자하면서 살겠다고 다짐했다.

둘째는 예쁜 옷을 입으면 다른 사람의 시선이 분산되므로 장애가 감추어진다고 생각하였다. 아이들 유치원이나 학교에 갈 때는 한껏 꾸미고 갔다. 아이들 친구들에게 예쁜 엄마로 보이고 싶었다.

지금 생각하면 참으로 의미 없는 일에 에너지를 쏟았다. 보기 좋은 옷을 입는다고 해서 장애가 가려지는 것은 아니다. 또한 아이들 친구에게 잘 보이는 것보다 아이들에게 좋은 엄마가 되는 것이 훨씬 중요하다. 그 사실을 깨달은 후 나의 관심사는 옷에서 다른 쪽으로 옮겨 갔다. 아이를 키우면서 '내가 성장하려면 무엇을 해야 하는가?'를 늘 고민했다. 내 상황에서 가장 접근하기 쉬운 것은 독서였다. 나는 근처 도서관에 가서 책을 빌려 읽기 시작했다. 그 일이 동기가 되어 지금은 글까지 쓰고 있다.

가끔 아이들은 나에게 엄마는 왜 함께 놀지 않고 책만 보고 글만 쓰냐고 묻는다. 아이들 입장에서는 주중에 엄마가 출근하느라 함께 보내는 시간이 부족한데 주말에도 엄마가 좋아하는 일만 하는 것이 속상할 수 있다. 그 마음이 충분히 이해되지만 나는 아이들에게 올인하며 살고 싶지 않다.

정신분석학자 카를 융은 "부모가 원하지 않는 삶을 살 때 자녀들은 심리적으로 가장 큰 영향을 받는다"라고 주장한 바 있다. 나는 내가 좋아하는 일을 하며 성장하는 모습을 아이들에게 보여줌으로써 긍정적인 영향을 미치고 싶다. 아이 키우는 일은 분명 축복이고 감사한 일이다. 하지만 나는 자기 계발이든 취미 생활이든 꾸준히 하고 그 과정에서 만족하며 살고 싶다.

아이들을 위해 희생하는 엄마, 장애가 있는 엄마로만 아이들에게 기억되고 싶지 않다. 내가 좋아하는 일을 즐기면서 능동적으로 살겠다는 목표를 지닌 지 4년째가 되어간다. 그 결과물들이 이제 조금씩 나타나고 있다.

한번은 저녁 먹고 설거지를 하고 있었다. 어느 잡지사와 인터뷰한 내용이 실린 잡지를 책상에 올려두었는데 아이들이 본 모양이다. 자기들끼리 "우리 엄마 유명한가 봐?"라며 대화하는 내용이 귀에 들려왔다. 그 말을 듣는 순간 나는 웃음을 터뜨렸다. 주변에 아무도 없는데도 불구하고 민망하여 나도 모르게 둘러보았다.

아이들 말대로 내가 유명해서 인터뷰한 것은 아니지만 아이들이 나를 자랑스럽게 여기는 것 같아서 내심 기분 좋았다.

예쁜 옷을 입었을 때 아이들이 나를 칭찬해주는 것보다는 나의 성장을 응원해줄 때 더욱 행복하다.

# 그것만 빼고 다 써도 돼!

약 1년 전 한 신문사가 일정 기간 동안 칼럼을 써달라고 청탁을 했다. 주 1회에 한 편씩 쓰는 일이어서 부담이 없었기 때문에 제안을 받아들였다.

주로 주말을 이용하여 칼럼을 썼다. 주제는 자유로웠기 때문에 어린 시절 겪은 일들, 아이들을 키우면서 느낀 감정, 내가 근무하는 시설 장애인들의 에피소드 등 다양한 이야기를 썼다.

글을 쓰고 있으면 아이들이 양옆에 앉아서 놀았고, 엄마가 어떤 글을 쓰는지 궁금해서 모니터를 쳐다보기도 했다. 한번은 은성이가 내 글을 쭉 읽어 내려가다가 자신에 관한 내용인 것을 알고 질문했다. "엄마, 이거 내 얘기인데 왜 이름이 달라?"

몇 년 전 쓴 글에 자기 이름을 허락받지 않고 썼다고 은성이에게 한 소리를 들은 적이 있다. 의향을 물어보지 않고 쓴 것에 아차 했다. 아이들 입장에서는 자기 이름을 쓰는 것을 꺼릴 수도 있겠다고 생각했다. 이후로는 가명을 쓰거나 '아이'라고 지칭하는 편이다. 한편으로는 다른 사람이 내 글만 읽고 아이들에 대해 섣불리 판단할 수도 있겠다고 생각했기 때문이다. 사실 그런 판단을 의식하다 보면 자연스럽게 남을 의식하게 되고 솔직하게 쓰기 어렵다. 글의 매력은 솔직함인데 그게 사라지는 것도 싫었다.

은성이는 이제 글에 자기 이름이 들어가면 좋겠다고 했다. 나는 너에 관해 좋았던 일이나 감동받았던 일도 쓰겠지만, 속상하거나 서운한 일도 쓸 계획이라고 대답했다. '무엇보다 많은 사람이 은성이 엄마가 장애인이라는 사실을 알아도 괜찮은지?'를 물었다. 곰곰이 생각하던 은성이는 이제 엄마가 장애인이라는 것을 다른 사람이 알아도 상관없다고 했다. 그렇게 말해주니 무척 감동적이었다. 성장하면서 장애가 있는 엄마를 자연스럽게 받아들이고 있다는 생각에 가슴이 뭉클했다. 나도 모르게 아이의 생각이 어느새 쑥 자라 있는 것 같았다.

아이는 엄마가 실명을 글에 쓰면 자랑스러울 것 같지만, 자기가 예전에 엄마가 장애인이라서 창피하다고 말한 일은 빼달라고 했다. 그 말을 듣는 순간 웃음이 터져 나왔다. 한편 1년도 더 지난 일을 이제껏 마음속에 담아놓고 있었다는 사실에 마음이 짠했다. 그동안 갖지 않아도 되는 죄책감으로 힘들었겠다는 생각이 들어서 미안했다.

나는 엄마가 장애인이라는 사실이 창피하다는 생각은 충분히 할 수 있다고 말해주었다. 나 역시 어릴 적에는 장애가 부끄러웠던 적이 있었다고 말했다. 그리고 엄마에게 그런 말을 했다고 해서 미안해할 필요 없다며 안아주었다. 사람들은 장애에 대해 각자 다르게 생각하기 때문에 정답은 없다. 따라서 은성이가 잘못한 일이 아니라고 말해주었다.

창피한 감정은 다른 형태로 다양하게 나타날 수 있다. 감정이라는 것은 늘 변하는 것이어서 예전에는 창피했던 감정이 다른 감정으로 바뀔 수 있다. 감정은 부정적인 것과 긍정적인 것이 있는데, 애써 나쁜 감정을 숨기고 좋은 것만 말할 필요가 없다고도 은성이에게 말해주었다. "엄마는 자기 감정을 숨기는 것보다 솔직히 말할 수 있는 사람이 아들이어서 좋아"라고 안심시켜주었다.

내 말을 다 들은 은성이는 멋쩍게 나를 향해 웃어주었다.

은성이가 실명을 써달라고 했지만 나는 아이 이름을 함부로 쓰지 않았다. 나를 아는 지인이 글을 읽고 은성이에게 자기 생각을 강요하거나 잘못했다고 말할 수도 있기 때문이다. 나는 아이가 거짓말하지 않고 솔직히 말할 수 있도록 감정을 더 오랫동안 존중해주고 싶다.

내가 글 쓰는 시간에는 두 아이가 옆에서 조잘조잘 떠들다가 자기들도 책을 가져와 읽거나 숙제를 한다. 때로 집중해서 써야 할 때는 방해가 되는 것이 사실이다. 그러나 분명한 점은 그 시간이 나에게 일상의 작은 행복을 가져다준다는 것이다. 내가 어린 시절 엄마의 흰머리를 뽑았던 기억이 행복했던 순간으로 남아 있듯, 우리 아이들에게도 엄마와 함께한 여러 날 중 이 시간이 좋은 기억으로 남았으면 하는 바람이다. 또한 아이들이 글 쓰는 엄마의 모습을 긍정적으로 바라봐주는 것도 감사하다.

# 달덩이 같은 얼굴은 어디로 갔을까?

아이가 태어나 5~6개월이 지나면 이유식을 시작한다. 쌍둥이도 이유식 시기가 왔다. 늘 분유만 먹던 아이들이 아주 맛나지는 않은 미음을 작은 입으로 받아 먹는 모습을 보니 점점 사람이 되어가는 것 같아 기뻤다.

이유식 중기에 접어들면서는 아이들에게 먹는 즐거움을 주기 위해 소고기, 흰살 생선, 야채 등 다양한 재료를 바꿔가면서 이유식을 만들었다. 큰 솥으로 많이 만들어놓아도 이틀을 넘기지 못했다. 새로운 맛을 탐험하듯이 아이들은 넙죽넙죽 받아 먹었다. 아이들이 잘 먹는 모습을 보니 신이 났다.

주로 아이들이 낮잠 자는 시간이나 육아 퇴근 후 자정이 다 된 시간에 이유식을 만들었기에 조금은 힘들었다. 하지만 이유식 만드는 것보다 더 힘든 것은 따로 있었다. 아이들에게 먹이는 일이었다.

초기 이유식은 미음이어서 죽이 아닌 물에 가깝다. 흔들리는 손으로 이유식을 숟가락으로 떠서 아이 입에 흘리지 않고 넣어주는 게 쉽지 않았다. 아이들 입으로 들어가는 것 반, 흘리는 것 반이었다. 최대한 흘리지 않도록 애쓰며 한 차례 먹이고 나면 운동한 것처럼 어깨가 뻐근했다. 내가 아픈 것보다 아이들에게 제대로 주지 못해서 속상했다. 낮에는 아이 돌보미와 내가 각각 한 아이씩 이유식을 먹였다. 아이 돌보미분이 흘리지 않고 아이에게 잘 주는 모습을 보면 괜히 혼자 주눅이 들었다.

아이들은 어느 정도 시기가 지나자 내가 흔드는 숟가락의 방향대로 고개를 돌려가며 이유식을 받아 먹었다. 엄마가 아이에게 맞추는 것이 아니라 아이들이 엄마에게 맞춰주었다. 마치 나에게 '우리가 잘 받아 먹고 있으니 속상해하지 말라'라고 하는 것 같았다.

나는 아이들이 직접 숟가락을 쥐고 먹는 시기가 빨리 오기를 바랐다. 18개월이 지나자 아이들은 스스로 음식을 먹기 시작했다. 더 이상 흔들리는 엄마 손에 의존하지 않고 온전히 밥을 먹게 된 것이다. 아이들을 보고 있으니 내 감동도 배가되었다. 그동안 이유식을 받아 먹느라 고생한 아이들에게 나지막하게 "수고했다"라고 말해주었다.

이유식 시기에 주는 대로 다 먹어서 두 녀석 모두 얼굴이 달덩이처럼 빵빵했다. 그 얼굴이 귀여워서 그때는 아이들이 먹는 모습만 봐도 흐뭇했다.

그랬던 아이들의 얼굴이 지금은 온데간데없어졌다.

진성이는 입이 짧은 데다 '세월아 네월아' 하며 먹는 스타일이다. 우리 부부는 늘 한 숟가락만 더 먹자고 애원한다.

은성이는 잘 먹는 대신 좋아하는 반찬이 정해져 있고, 평상시에 먹던 맛과 조금만 달라도 안 먹는 까다로운 녀석이 되었다. 이제는 조금 컸다고 가리는 반찬도 생기고, 집밥보다 배달음식을 더 선호한다. 주말만 되면 당연하다는 듯이 "치킨", "햄버거"를 외친다. 주말에는 쉬고 싶은 마음에 은근슬쩍 못이기는 척하며 시켜준다.

나는 아이들이 어릴 때 체중에 예민하게 반응했다. 그런 내 마음을 아는지 모르는지 한때 아이들은 밥 먹는 것을 자주 거부했다. 나는 적게 먹는 진성이에게는 더 먹으라고 하고, 은성이에게는 너무 많이 먹으니 이제 그만 먹으라고 말하곤 했다.

한번은 신경이 쓰여서 대학병원 성장클리닉에 아이들을 데

려가 검사를 했다. 당시 전문의는 아이들은 부모의 체질을 따라가며, 아이들은 평균 연령대의 속도대로 잘 크고 있다고 말했다. 남편은 처음부터 아이들 검사하는 것을 원치 않았다. 그래서 검사 결과를 듣고는 나에게 한 소리했다.

사람들이 우리 아이들을 보고 "진성이는 너무 말랐어요" 또는 "은성이는 진성이에 비해 통통하네요"라고 말하면 괜히 신경이 쓰였다. 내가 장애 때문에 균형 있게 밥을 챙겨주지 않는 듯 보이는 것 같았다. 사람들은 그저 아이의 체형에 대해 말했을 뿐인데 나는 심각하게 받아들였다.

나는 한참 후에야 아이들이 언제나 밥을 잘 먹는 것은 아니라는 사실을 깨달았다. 잘 먹거나 안 먹는 주기가 있는 것뿐이다. 그 이후로는 아이들 먹는 것에 집착하지 않았다. 그제야 아이들의 식습관과 식성이 눈에 들어왔다. 이제는 내가 관여하지 않아도 자기들이 조절해서 잘 먹는다.

나는 그동안 아이들 체질을 인정하기보다는 다른 이들의 말 한마디에 좌지우지되고 있었다. 또래보다 과체중이든 저체중이든 그건 단순히 아이의 체질일 뿐이다. 그 사실을 깨닫고 난 후에는 사람들의 말에 크게 동요하지 않았다. 지금은 아이들이 아프지 않고 잘 자라주는 것만으로도 감사하다.

## 텃밭이 알려주는 가치

우리는 몇 년 전 주택으로 이사했다. 무엇보다 아이들이 마음껏 뛰어놀 수 있어서 주택살이에 만족한다.

대부분 주택에는 작은 텃밭이 있기 마련이다. 봄이 되면 어머님은 농작물을 심고 아침저녁으로 관리하신다. 정성스레 관리하시는 텃밭에는 옥수수, 배추, 오이, 고추 등이 다양하게 심겨 있다.

아이들은 여러 작물 중 방울토마토를 가장 좋아한다. 그 자리에서 따서 마당 수돗가에서 씻어 바로 먹을 수 있기 때문이다.

어머님이 텃밭 풀을 뽑거나 수확하실 때면 아이들도 할머니를 돕겠다는 이유로 따라간다. 돕는다고는 하지만 아직 아이들이어서인지 밭을 흐트려놓기만 해서 어머님은 정리하시기 바쁘다. 그래도 아이들에게 밭은 생명이 자라고 열매 맺는 과정을 관찰할 수 있는 자연 놀이터이기도 하다.

아이들이 텃밭에서 수확물을 따 올 때 “엄마” 하고 큰 소리로 부를 때가 있다. 그때는 모양이 특이한 농작물을 발견했다는 신호라고 짐작하면 된다. 나는 없는 재능을 끌어모아서 신기하다며 리액션을 크게 해준다. 아이들은 나의 반응에 신나서, 이것을 따기까지 얼마나 힘들었는지를 설명하기 바쁘다. 특이한 모양을 처음 발견한 아이는 어깨가 하늘로 솟아오른다. 누가 들으면 드넓은 평야에서 일하고 돌아온 농부인가 착각이 들 정도다.

아이들이 바구니에 담아 온 수확물들의 모양은 상품 가치가 있는 것처럼 예쁘지가 않다. 크기와 모양이 제각각이다. 그래도 아이들은 하나하나 꺼내면서 “이건 하트 모양 같다. 지팡이같이 생겼다” 하며 이름을 붙여준다. 정작 예쁘게 생긴 것에는 이름이 붙지 않는다. 우리 눈길을 사로잡는 건 울퉁불퉁한 것들이다. 그래도 깨끗이 씻어서 바구니에 담고 보면 하나같이 예쁘고 윤이 난다.

아이들이 말하는 것을 들으면서 ‘예쁘다’와 ‘관심 가는 기준’에 대해 생각해보았다. 그 기준은 사람마다 달라서 정해진 것이 없다. 여기까지 생각이 미치자, 장애인에 대한 기준도 생각하기 나름이라는 생각이 들었다.

의료인류학자 노라 엘렌 그로스의 저서 『마서즈 비니어드 섬 사람들은 수화로 말한다』에 따르면 마서즈 비니어드에서 청각장애는 아주 평범한 일이었기에 모두가 장애 유무와 상관없이 제2외국어로 수어를 배웠다고 한다. 한 노인은 농인을 사람마다 목소리가 다르다고 생각하는 것 이상으로 여기지 않았다고 회고한다.

노라 엘렌 그로스는 섬에 살았던 노인을 찾아가 농인 이사야와 다비드를 기억하는지 묻는다. 노인은 그들은 아주 훌륭한 어부였다고 대답한다. 그들은 농인 아니었냐고 묻자 그는 기억을 더듬으며 말한다. 생각해보니 그런 것 같다고, 그 사실을 잊고 있었다고 말이다. 청각장애 유전율이 높았던 섬에서 농인은 병리학적 관점의 청각장애인이 아니라 훌륭한 어부이자 사회 구성원이었다. 들을 수 없음은 결여나 손상의 의미가 아닌 다른 목소리가 된다.[8]

책 내용처럼 청각장애인이 많은 이곳에서는 수화가 제2외국어로 사용되었다. 섬사람들의 이야기를 접하면서, 보는 기준이 다르면 사람의 특성을 규정짓는 기준이 달라질 수 있다는 사실을 알았다.

우리 아이들도 자신들이 따 온 농작물에 '상품 가치'나 '예쁘다'는 기준을 세우지 않았다. 수확물 하나하나의 특성을 살펴보고 이름을 지어줬다. 그 이름을 듣는 순간 농작물은 상품 가치로 분류되지 않고 고유 특성인 먹을거리라는 정체성을 유지할 수 있다.

사람도 마찬가지다. 장애인, 노인, 여자로 분류하다 보면 그 사람의 고유성이 사라진다. 집단으로 묶어서 바라보기에 개인을 존중하기보다 편견을 가지게 된다. 인권 또한 사람에 따라 보호되기도 하고 침해당하기도 한다. 정해져 있는 틀보다 그 사람의 고유함이 기준이 된다면 차별이 사라질 수도 있을 것이다. 따라서 존재만으로도 귀하다는 가치를 인정받을 수 있다.

내가 근무하는 장애인 시설 사람들도 앞에서 언급한 섬사람들과 비슷하게 생각한다. 신입 선생님을 교육할 때나 외부 사람들에게 시설에 거주하는 장애인을 소개할 때 지적장애 1급, 2급, 3급 등으로 말하지 않는다. 한 사람 한 사람의 특성을 알 수 있게 '잘 웃는 선희 씨', '바깥 활동을 좋아하는 은호 씨', '가르쳐주지 않아도 알파벳을 잘 읽는 혜은 씨' 같은 식으로 알려준다. 정해진 기준으로 사람을 바라보지 않는다면 사람의 가치는 그 자체로 존중받을 수 있다.

아이들은 텃밭에서 수확한 농작물을 겉모양만으로 판단하지 않기 때문에 하나도 버려지는 것이 없다. 대신 우리 가족의 식단에 풍성하게 올라온다. 우리 사회의 모습도 이와 비슷해지기를 소망한다. 겉모습으로 판단하고 기준을 정하지 않는다면 사람을 바라보는 편견이 사라질 수 있다. 우리 가정에 다양한 모양의 수확물이 올라와 풍성한 식단을 구성해주듯이, 우리 사회도 다양한 사람을 존중할 수 있기를 기대한다.

# 우리 가족이 알아주면 된다

올해 초등학교 3학년이 된 아이들은 일곱 살 때부터 방문 학습지 교육을 받고 있다. 마음 같아서는 차라리 학원에 보내고 싶다. 하지만 두 녀석은 집을 너무 사랑하는 집돌이여서, 학원에 가면 노는 시간이 줄어들 것이라는 생각에 다니지 않겠다고 한다. 대신 우리는 학습지 과목을 좀 더 늘리는 조건으로 지켜보기로 했다.

처음 학습지 교육을 시작하기 전까지는 방문 선생님이 아이들 공부를 전담해주시는 줄 알았다. 손도 안 대고 코 풀려는 격이었다. 선생님이 일주일에 한 번 아이들을 봐주시면 나머지는 나의 몫으로 돌아왔다. 결국 저녁을 먹고 나면 아이들을 붙들고 공부를 봐준다. 딱 마음먹고 풀면 40분이면 끝날 학습량인데 1시간 반이 넘어간다. 아이들은 문제를 풀다가 뜬금없이 게임 이야기를 하거나 목마르다며 물을 마시러 간다. 심지어 꼭 그 시간에 화장실에 큰일을 보러 간다. 어쩜 생리적 현상이 공부 시간에 맞춰 기막히게 신호가 오는지 신기할 따름이다.

아이들이 딴짓하는 것을 보면 속에서 부글부글 무언가가 올라온다. 그 순간 욱해서 아이들에게 "이럴 거면 공부하지 마!" 하고 협박도 해보고 때로는 살살 달래보기도 했다. 아이들은 아주 잠깐 내 눈치를 보고 나서 다시 딴짓을 한다.

나는 아이들 공부 시간에 잔소리만 할 것 같아서 다른 방으로 들어가기도 해봤다. 그럼 1분에 20번은 "엄마, 엄마" 하며 모르는 문제를 가르쳐달라고 부른다. 나는 왔다갔다 하다가 결국 아이들 옆에 도 닦는 마음으로 앉아 있는다.

그렇게 3년이 지나니 어느 정도 공부 시간 루틴이 생겼다. 여전히 딴짓은 하지만 예전에 비해 공부하는 태도가 확실히 좋아졌다. 어른도 집중하면서 공부하기 어려운데 아이들에게 그것까지 요구하는 건 나의 욕심이다. 엉덩이 떼지 않고 앉아 있는 것만으로도 무척 성장했다고 만족하기로 했다. 아이들은 자신들의 공부량이 다른 친구들보다 많다고 투덜거린다.

거기에 남편은 한 술 더 떠서 나에게 "그렇게 공부시키면

서울대 보내겠다"라고 비꼬았다. 공부는 못 봐줄망정 그런 말이나 하는 게 얄미웠다. 그다음 날부터 나는 아이들 공부 시간이 되면 남편에게 "서울대 보내게 아이들과 공부한다"라고 꼭 알렸다. 몇 번 그랬더니 자신도 실수했다고 인지했는지 나에게 미안하다고 했다. 그렇게 나의 소심한 복수는 끝났다.

나와 남편이 각자 역할을 나눌 때 아이들 공부 봐주는 일은 내가 전담하기로 했다. 고학년이 되어 더 이상 봐줄 수 없을 때까지는 내가 담당할 생각이다. 나는 다른 집 남편보다 가정 일을 많이 하는 남편에게 미안한 마음이 있다. 그래도 공부는 남편의 도움 없이 내가 할 수 있는 부분이어서 그의 짐을 약간은 덜어준 기분이다. 아이들도 학교에서 공부를 곧잘 해서 나름대로 뿌듯했다.

그런 내 마음에 찬물을 끼얹은 일이 생겼다. 지인의 집에 방문했을 때 일이다. 그분은 아이들이 많이 컸다면서 몇 학년인지 물어보셨다. 나는 이제 곧 3학년이 된다고 대답했다. 그러자 "어머! 이제 다 키웠다"라고 말씀하시는 끝에 "아빠가 아이들 공부시키느라 힘들겠다"라고 했다. 그 말을 들은 나는 발끈하여 "공부는 제가 시켜요!" 하며 속사포처럼 대답했다. 내 말을 들은 그분은 무안하셨는지 "아" 하고 더는 말을 잇지 않으셨고, 아주 잠깐 어색한 침묵이 흘렀다.

저녁에 집에 돌아와 생각해보니 지인 집에서 그렇게 행동한 내가 못나 보였다. 나는 아이들 양육할 때 나라는 존재가 배제되거나 보조하는 사람으로 인식되는 것이 싫었다. 나름대로 가정에서 남편과 함께 아이들을 기르고 있다는 것을 다른 사람에게 보여주고 싶었다.

남들에게는 아이들 공부를 누가 시키느냐는 중요한 일이 아닌데 상대방을 무안하게 만들어서 후회되었다. 다른 사람이 아닌 우리 아이들과 남편이 인정해주면 그걸로 만족한다. 다음에 그런 상황을 접하면 좀 더 성숙하게 대처하고 싶다.

## 잔소리쟁이라는 수식어

나의 성향은 과업 중심형이다. 나만 그렇게 살면 되는데 주변 사람에게도 내 방식을 따르도록 요구하는 것이 문제다. 최대 피해자는 아이들이다. 과업 중심형 엄마를 만나서 많이 피곤해한다. 하지만 아이들은 하기 싫은 경우에도 대체로 내 말을 따르는 편이다.

문제는 아이들이 그 일을 하는 속도와 내가 해놓길 바라는 시간의 차이가 상당히 크다는 것이다.

한번은 저녁 식사 후 점검하기 위해 "학습지는 안 해?", "오늘은 학교 갔다 와서 게임했어?" 등 질문을 마구 쏟아냈다. 그러자 은성이가 "내가 알아서 할 테니, 엄마! 잔소리 좀 그만해"라고 말했다.

그런 말을 처음으로 들은 나는 바로 대응하지 못했다. 다만

속으로 이제 드디어 말대답하는 시기가 왔다는 것을 직감했다. 지금까지는 말로 통했지만, 이제는 다른 방법을 찾아야 할 것 같았다. 내가 순간 당황하는 모습을 본 남편은 그럴 줄 알았다면서 크게 웃었다. 이럴 때는 아군이 아니라 적군 같다. 나만 아이들에게 당한 것 같아 억울하기까지 했다.

그 뒤로 은성이는 종종 나에게 "우리 엄마는 잔소리쟁이"라며 약을 올린다. 아이가 그 말을 할 때마다 머리를 콩 하고 쥐어박으면서 "그건 잔소리가 아니라 관심이야" 하며 눈을 흘긴다. 행동은 그렇게 해도 이상하게 나는 그 말이 싫지 않았다. 남들이 볼 때는 내가 이상한 사람 같을 수도 있겠다.

우리 아이들이 나를 부르는 수식어가 잔소리쟁이 말고 또 있는지 괜한 호기심이 생겼다. 그래서 이야기하는 와중에 슬쩍 물어보았다. '공부 많이 시키는 엄마', '책 좋아하는 엄마', '만드는 것 좋아하는 엄마', '글 잘 쓰는 엄마', '운동하기 싫어하는 엄마', '낮잠 많이 자는 엄마' 등등 아이들은 경쟁하듯이 말했다. 사실이 아닌 것도 있고, 억울한 것도 있었다. 대체로 아이들은 나를 잘 파악하고 있었다. 예리한 녀석들이다.

아이들은 나를 시작으로 각자의 특성에 관해서도 말했다. 서로 동의할 수 없다고 핏대를 세우기도 하고, 자신의 장점이 언급되면 으쓱하기도 했다. 우리는 한참을 그렇게 놀았다.

나는 아이들이 엄마의 특성을 '장애인'으로만 규정짓지 않아서 고마웠다. '엄마'라는 이름 앞에 수식어가 다양하게 붙는 것에 기분이 좋았다. 아이들은 그저 나를 '불편한 엄마', '우리가 챙겨야 하는 엄마'로만 인식하지 않았다. 여느 엄마들에게 붙는 수식어를 붙여주어서 고마웠다. 내가 이렇게 많은 수식어를 가지고 있는 줄 몰랐다. 장애 엄마로만 생각되지 않는다는 사실에 봄 햇살같이 마음이 따듯했다.

한편으로는 아이들이 평상시 나를 어떻게 생각하고 있는지 들으면서 반성도 했다. 임신해서 태교할 때는 친구 같은 엄마가 되겠다는 말을 자주 들려주었다. 그 약속을 아직 지키지 못한 엄마가 되어버렸다. 앞으로는 친구처럼 말을 귀 기울여 듣는 엄마, 잘 놀아주는 엄마로 불리고 싶다.

# 진정한 자유부인은 나

모든 엄마의 소원 중 하나는 아이 없이 홀가분하게 외출하는 것이다. 엄마들 사이에서는 이렇게 외출하는 엄마를 '자유부인'이라고 지칭한다.

다른 엄마들이 남편에게 아이를 맡기고 나오면 '몇 시에 올 건데? 애들 밥은 어떻게 차려줘?' 하며 수시로 전화가 온다. 그러면 엄마들은 맘 편히 놀지도 못하고 좌불안석이다. 결국 계속 걸려 오는 전화에 "간다. 가!" 하고 버럭 소리지르며 먼저 일어난다. 모처럼 큰맘 먹고 나왔을 그녀들의 뒷모습이 안쓰럽기까지 하다.

내가 홀로 외출하면 남편이 꼭 하는 말이 있다. "모처럼 나가는 건데 늦게까지 놀다 와! 너무 늦으면 태우러 갈 테니 전화해." 이런 성품을 가질 수 있도록 길러주신 시부모님께 감사하다.

외출하고 나면 내가 휴대전화를 가져오지 않았나? 착각이 들 정도다. 너무 조용한 나머지 내가 '밥은 챙겨 먹였나? 뭐 하고 놀고 있나?' 하며 먼저 전화하기도 한다. 남편은 걱정하지 말고 실컷 놀다 오라고 한다.

이럴 때는 내가 장애인이라서 좋기도 하다. 남편은 불편한 아내로 인해 평상시 요리도 해야 하고 아이들도 돌봐야 한다. 이렇게 연습한 시간이 쌓여 있어서 아이들을 혼자 보는 것을 두려워하거나 허둥대지 않는다.

아이들이 더 어릴 때는 밥을 야무지게 챙겨 먹인 후 키즈카페에 가거나 공원에 나가 공놀이하면서 시간을 보냈다. 지금은 아이들이 컸다고 같이 PC방에 간다. 남편은 아이들이 태어났을 때부터 PC방에 함께 가고 싶어 했다. 그것이 예전부터의 로망이었다고 한다. 그래서 나는 아이들을 남편에게 맡기고 외출하는 것에 대한 불편한 마음 없이 진정한 자유부인으로서 즐긴다.

때로는 남편과 아이들이 나 없이도 재미있게 놀았다고 말하고 공유할 수 없는 이야기를 하면 심통이 나곤 한다.

어느 집은 주중, 주말 가릴 것 없이 남편이 바빠서 엄마가 독박 육아를 한다. 반면 우리 남편은 아빠로서 충실히 역할을 해내고 있다. 나에게만 전적으로 아이들을 맡기지 않고 균형 있게 노력하는 남편이 고맙다.

나 없이도 아이들과 잘 지내줘서 고맙기 때문에 남편이 친구 만나러 가거나 직장 동료들과 회식하느라 새벽에 들어와도 크게 뭐라고 하지 않는다. 물론 "왜 이리 늦나?" 말하고 싶어서 휴대전화를 수없이 클릭하고 싶지만 참는다. 남편이 외출한 날에는 시계를 보지 않고 빨리 자는 게 나의 정신건강에 도움이 된다. 온전한 자유를 준 남편에 대한 나만의 배려이기 때문이다.

연애 시절 남편에게 대기업 다니는 것을 포기하고 박봉인 사회복지사의 길을 선택한 것을 후회하지 않냐고 물은 적이 있다. 당시 남편은 돈도 중요하지만, 자신의 삶이 있는 지금에 만족한다고 했다. 그때는 그 말을 액면 그대로 받아들여서 '야망도 없는 남자'라고 생각했다. 그 대답에는 가정에도 충실하겠다는 의미가 내포되어 있다는 것을 미처 몰랐다.

남편은 출세에 욕심이 없어서 우리 집은 이른바 잘 나가는 친구들처럼 부유하지 않다. 그러나 우리에게는 저녁과 주말을 함께하는 삶과 여유가 있다. 나는 그것에 만족한다.

육아의 짐을 함께 나누어 지는 남편이 있어서 참으로 감사하다. 이렇게 든든한 육아 파트너 덕분에 걱정 없이 아이들을 키울 자신이 있다.

대부분의 부모는 가족의 보호자나 권위자의 모습을 보이기도 한다. 때로는 이러한 모습이 필요하기도 하다. 하지만 부모로서 요구되는 태도는 한 가지 더 있다. 아이의 말을 귀 기울여주는 자세다. 그 모습에서 아이들은 부모로부터 존중받는다고 느낀다.

또한 가족 공동의 시간을 보내는 시간도 필요하고, 각자의 시간을 가지는 것도 필요하다. 우리 가족이 두 가지 모두의 균형을 잡을 수 있게 애쓰는 남편을 보면서 나도 배우게 된다. 나는 그를 통해 건강한 가족이 무엇인지를 깨달았다.

## 죄책감은 국에 말아 먹자!

어린 시절 우리 집 밥상 위에는 반찬이 다섯 가지 이상 올라왔다. 당시에는 대부분의 집들이 그런 줄 알았다. 여러 반찬 가짓수에 엄마의 노고가 숨어 있는 줄도 모르고 당연하다고 생각했다. 엄마가 그동안 가족을 위해 애쓰신 것을 결혼하고 나서야 알게 되었다.

나 스스로 만들 수 있는 요리는 열 손가락 안에 꼽힌다. 지금은 어머님과 함께 살아서 '오늘은 뭐 해 먹을까?'라는 고민을 하지 않아도 된다. 그 부분에 대해 어머님에게 감사드린다.

가끔은 어머님이 2주 정도 집을 비우실 때가 있다. 그때는 남편이 요리를 전담한다. 요리를 매일 하지는 않기 때문에 신혼 시절의 실력에서 더 발전하지는 않았다. 나보다 잘하는 건 맞지만, 베테랑이라고 부를 정도의 실력은 아니다.

어머님이 안 계시면 남편은 끼니때마다 한두 가지 반찬을 한다. 아침에는 무조건 김이 기본으로 나온다. 평상시 식탁과는 사뭇 다른 상차림이다. 아이들도 "또 김이야?"라며 볼멘소리를 한다. 나는 겉으로는 "반찬 투정하지 마"라고 타박하지만 내심 맛있는 반찬을 만들어주지 못하는 것을 들키는 게 두려웠다.

어릴 때 엄마는 내가 좋아하는 반찬을 따로 하셨다. 그렇게 까다롭게 굴어놓고선 정작 우리 아이들에게는 불만을 표출하지 못하게 하는 내 모습이 참으로 이중적으로 느껴졌다.

남편에게 "어머님 안 계시면 아이들이 영양실조 걸리겠다"라고 말한 적이 있다. 그러자 남편은 반찬가게 몇 곳을 봐두었다며 걱정 말라고 했다. 요리를 전담하는 그에게 아이들 반찬은 꼭 집에서 만들어야 한다고 마냥 편하게 주장할 수는 없다. 그 점을 머리로는 이해하지만 마음 한편에는 불편함이 있다. 오히려 집에서 해 먹는 것보다 밖에서 사 오는 반찬이 더 영양가 높을 수도 있다. 그럼에도 내가 직접 아이들에게 균형 잡힌 음식을 만들어주지 못하는 것에는 미안함을 느낀다.

한번은 고등학교 친구들을 만나 대화하던 중에 '가족들 밥은 어떻게 해결하고 있는지?'에 대한 이야기가 나왔다. 한 친구는 반찬가게에서 주로 공수하고, 또 다른 친구는 가까이 사는 친정 엄마 찬스를 사용한다고 했다. 직접 음식을 하면 버리는 것이 많으니 오히려 사 먹는 쪽이 더 효율적이라고 했다. 그 말에 나는 왠지 모를 안도감을 느꼈다. 친구들은 자신이 직접 요리하지 않는 것에 대한 죄책감은 없어 보였다. 나만 아이들에게 맛있는 음식을 해줄 수 없는 것에 대한 찝찝함을 품고 있었다. 그날 밤 남편에게 친구들과 나눈 이야기를 해주었다. 남편은 우리 집과 별반 다름이 없다며, 요즘은 그렇게 사는 가정이 많다고 했다.

나는 친구들과 내가 똑같이 요리하지 않는데도 느끼는 감정이 다른 이유를 생각해보았다. 그리고 늘 다른 형태지만 '장애' 때문이라는 결론에 이르렀다. 장애가 있어도 요리를 잘하는 사람이 있음에도 나는 장애 때문에 못한다는 것을 핑계로 일반화했다. 요리를 못하는 이유는 장애 때문이 아니라 하고자 하는 의지가 없기 때문이라는 사실을 인정할 수밖에 없었다. '장애'를 도구로 '할 수 없다'며 그럴싸하게 숨기고 사람들이 눈치채지 못하게 나름대로 합리화하고 있었다.

나에게 요리는 관심 분야가 아니고, 노력해서 내 요리 실력을 발전시키고 싶은 욕심도 없다. 남편이 요리를 잘하니 꼭 내가 해야 한다는 의무감을 가지지 않는 것도 사실이다.

아이들이 좋아하는 요리를 해주지 못하는 것에 대한 부담감은 내려놓자. 엄마가 가족 구성원의 먹을거리를 책임져야 한다는 의무감을 버리자. 반찬을 사 먹는 것에 죄책감을 가지는 것보다는 사 먹을 수도 있다는 유연한 사고를 하기로 생각을 정리했다. 마치 밀린 방학 숙제를 하지 않아서 초조하게 걱정만 했던 마음에서 해방되는 기분이었다.

# 나는 다용도실에 숨었다

아이들을 내 계획대로 돌볼 수 없고, 뭔가 먹고 싶을 때나 잠이 와도 계속 지켜봐야 하는 시간이 끝나지 않을 것 같을 때는 숨이 막히곤 했다.

『아이가 잠들면 서재로 숨었다』는 김슬기 작가가 비슷한 경험을 엮은 책이다. 나도 우아하게 서재로 숨어서 책을 읽고 싶었지만, 현실에서는 다용도실에 숨었다.

아이들이 엄마 손길이 없으면 아무것도 할 수 없는 시기에 육아의 힘듦이 하늘을 찔렀다. 그 고통의 히스테리는 고스란히 남편에게 돌아갔다. 남편은 겉보기에는 곰같이 생겼어도 분위기를 잘 알아차리는 여우다. 내가 심상치 않음을 감지하면 슬그머니 나가서 녹차 아이스크림이나 초콜릿을 사 왔다. 나는 그것들을 뺏길까 봐 아이들 몰래 다용도실에 가서 먹고 왔다. 그러면 요동치던 감정이 언제 그랬냐는 듯이 진정되었다. 그때 나를 달래주는 간식이 없었더라면 화가 가득 찬 엄마가 되었을 것이다.

낮에는 아이들에게 버럭버럭 화내고, 밤이 되면 잠든 아이들을 바라보며 척척 잘해내지 못하고 다정한 엄마가 되어주지 못해서 미안하다고 사과했다. 그다음 날이면 반성하던 모습은 어디로 갔는지 똑같이 화를 냈다. 나도 엄마로서 처음이었지만 아이들도 모든 것이 처음이었다. 서로가 적응하기까지는 시간이 걸린다. 아이들 기준에서 기다려주는 것이 엄마로서 해야 하는 역할인데, 나는 기다리는 대신 화를 내고 다그쳤다. 지금 생각해보면 말을 못 해서 그렇지, 아이들도 마음속으론 아주 억울했을 것 같다.

양해를 구하지 않고 일방적으로 내가 기준을 정해놓고는 아이들이 따라오지 못하는 것에 화만 냈다. 내 기준은 아이들을 위한 것이라고 그럴싸하게 포장했지만, 잘 키우고 있다는 것을 남들에게 보란 듯이 보여주기 위한 기준이었다. 아이들 성장하는 속도를 무시한 채 '빨리빨리'를 외치고, 누가 봐도 흡족할 만해 보이기를 원했다.

자신의 속도대로 잘 성장하고 있는 아이들의 문제가 아니었다. 화를 내는 것도, 감정 조절을 하지 못하는 것도 내가 성숙하지 못했기 때문이었다. 이런 나의 모습을 보고 자라온 아이들에게 "화내지 않고 말해도 다 알아들어. 엄마는 너의 화풀이 대상이 아니야"라고 뻔뻔하게 말했다.

남들의 시선과 장애를 의식한 나는 완벽한 엄마가 아니라는 것이 탄로날까 봐 두려웠다. 그 두려운 마음을 아무런 힘이 없어 대꾸조차 못 하는 아이들의 책임으로 돌렸다. 영문도 모른 채 아이들은 나의 눈치를 살피며 안아주었다. 아이들 잘못이 아닌데, 나는 어른답게 행동하지 못하는 나 자신에게 화가 나 있었다.

장애로 인해 내 의지와 달리 아이들을 돌보지 못할 때마다 우울함과 자괴감이 들었다. 완벽한 엄마의 모습은 찾아볼 수 없었다. 그 대신 실수하고 무너지는 연약한 엄마가 있었다. 장애가 있지만 그럼에도 강한 엄마가 되고 싶었다. 그 당시에는 몰랐다. 강해야만 엄마의 자격이 주어진다고 생각했다.

지금은 나의 연약함을 인정하게 되었고, 비록 연약하지만 부러지지 않고 앞으로 나아가는 힘이 생겼다. 엄마에게 필요한 자격은 강함이 아니라 주어진 상황에 굴복하지 않고 조금씩 나아간다는 점이다.

내가 아이들에게 연약한 모습을 보이더라도 그 자체로 응원해주면 좋겠다. 그 응원에 힘을 얻어 내가 엄마로서 자격이 있는지 자책하기보다는 긍정적으로 사는 모습을 아이들에게 보여주기 위해 노력할 수 있을 것 같다.

나는 장애인이라는 피해의식 때문에 반복적으로 상처를 주었지만, 아이들은 매번 나를 용서해준다. 아이들의 용서 그릇이 차서 더 이상 나를 받아들이지 못하기 전에 변하고 싶다. 나를 용서해야 하는 그릇의 크기가 작아지고, 대신 남들에게 자랑하고 싶은 좋은 엄마의 모습이 아이들 마음속에 크게 자리하면 좋겠다.

# '같음'의 자리를 내어준 육아 동지

산후조리원에 가면 조리원 동기가 생긴다고 하지만 나는 만들지 못했다. 다른 산모들은 이 사람 저 사람과 잘 어울렸다. 사람을 사귀는 것에 별 어려움이 없는 사람들을 보면 부러웠다.

조리원 퇴소 후에도 조리원에 있을 때와 별반 다르지 않았다. 주변에는 우리 아이들과 비슷한 또래 아이들의 엄마가 많았지만 나는 관계를 잘 맺지 못했다. 마음을 터놓고 지낼 사람이 없어서 많이 외로웠다. 외딴섬에 홀로 떠 있는 기분이었다.

낮에는 대화가 안 되는 아이들과 시간을 보냈고, 저녁에는 퇴근해서 돌아온 남편이 사람다운 대화를 할 수 있는 유일한 상대였다. 아이 돌보미가 계셨지만 다들 육아에 관한 선배였기에 조언자는 되어주셨으나 힘듦을 나눌 수 있는 동지는 되지 못했다.

나에게도 육아 동지가 있길 바랐지만, 먼저 다가가지 못하는 성격 때문에 적극적으로 인간관계를 맺지 못했다. 그렇게 홀로 육아의 무게를 감당하고 있을 때였다.

당시 그 언니와 나는 교회에서 안면 정도만 있는 사이였다. 언니가 먼저 나에게 손을 내밀어주었다. 이후 우리 집에 놀러 오면서 관계가 이어지기 시작했다. 지금은 속마음을 터놓고 지낼 만큼 친해져서 진짜 언니, 동생 사이가 되었다. 언니네 아이와 우리 아이들은 동갑이라는 공통점이 있다. 아이들끼리도 서로의 집에 오가며 놀곤 한다.

내가 살고 있는 지역에서는 아이들의 여러 취미 활동을 지원하는 강좌가 많이 개설되어 운영되고 있다. 하지만 직장과 집만 왔다갔다 하는 나로서는 다양한 정보를 알 수 없었다. 언니가 알려준 덕분에 우리 아이들도 다양한 활동에 참여할 수 있었다.

이 외에도 우리는 아이들을 키우면서 생기는 고민을 나누면서 더 가까워졌다. 지금도 나는 힘들거나 넋두리 들어줄 이가 필요하면 언니에게 연락한다. 언니는 언제나 고민을 들어주고 응원해준다. 언니를 만나고 나면 고갈된 에너지가 채워져서 일상으로 돌아가 다시 씩씩하게 살아간다.

언니를 만나기 전에는 육아 동지가 많길 바랐다. 지금은 많은 사람이 있는 것보다 마음을 나눌 수 있는 사람이 한 명만 있어도 충분하다는 것을 안다. 언니는 내가 장애인임을 인식하고 불편한 부분을 말없이 챙겨준다. 언니를 알게 된 지 10년이 되어가지만 그 배려가 동정으로 느껴지지 않는다. 인간에 대한 예의는 이런 태도로 드러내야 함을 몸소 알려준다.

장애인을 편견으로 대하면 안 된다는 것을 누구나 알고 있다. 하지만 정작 만나면 자주 보지 못한 장애인에게 생각처럼 행동하기가 쉽지 않다. 언니를 보면 진심으로 나를 생각하는 마음이 고스란히 전달된다. 그 마음이 고마워서 좋은 것이 있으면 나눠 먹고 싶어서 언니가 제일 먼저 떠오른다. 언니로 인해 다른 좋은 사람들도 알게 되었다. 이처럼 지금은 일상을 나눌 수 있는 이들이 곁에 있다.

이들은 내게서 '장애'라는 수식어를 떼고 '엄마'라는 존재로 온전히 인정해주었다. 자신들과 다름이 아니라 같은 육아 동지의 자리를 내어주었다. 이들 앞에서는 '나를 어떻게 바라볼까?'라고 의식할 필요가 없기 때문에 나도 모르게 긴장감이 풀어진다. 평상시 같으면 민폐라고 생각하는 도움을 스스럼없이 요청한다. 이제는 그런 내 모습이 전혀 어색하지 않다. 처음부터 이런 행동을 자연스럽게 할 수 있었던 건 아니다. 나름 수많은 과정의 결과다.

언니는 이렇게 나를 변화시켜주었다. 그리고 나에게 항상 '멋진 사람'이라고 말해준다. 그 말처럼 정말 멋진 사람으로 살고 싶다. 또한 "괜찮아", "그래도 돼"라는 말을 통해 의지해도 된다고 신뢰를 주었다. 그렇게 언니는 나에게 '언니'라는 자리를 기꺼이 내어주었다. 그 과정들이 오가면서 기댈 수 있는 언덕이 생겼다.

신뢰로 다져진 언덕이 더 단단해질 수 있도록 나는 그들을 애정으로 대하고 싶다. 나의 육아 동지들은 각자의 자리에서 일하고 육아를 하느라 바쁜 일상을 보낸다. 자신만을 위한 시간을 갖기도 힘든 가운데 나에게 귀한 시간을 내어주고 이야기에 공감해준다. 삶을 나누고 응원해주는, 참으로 근사한 사람들이다. 좋은 사람들과 있으면 자신도 그들처럼 근사해지고 싶어지기 마련이다. 나도 근사한 사람이 되도록 그들에게 배우고 베풀며 살고 싶다.

# 현실이 된 일상

텔레비전을 보면 젊은 부부가 예쁜 도시락을 싸서 어린아이를 데리고 피크닉 가는 장면이 나오곤 한다. 공원에 돗자리를 깔고 도시락을 펼쳐서 먹는다. 얼굴에서는 웃음이 떠나지 않는다. 아이와 부부의 머리 위로 쏟아지는 햇살은 너무나 따사로워 보인다. 나는 그 장면을 볼 때마다 저런 풍경이 내 인생에도 있으면 좋겠다고 생각했다.

나는 지금의 남편을 만나 결혼했고 이제 두 아이의 엄마가 되었다. 흔히들 말하는 대로 꿈이 현실로 이루어졌다. 예전에 텔레비전에서 본 아름다움이 연출되지는 않지만, 드라마에 나온 엄마가 행복해 보인 것처럼 나도 행복하다.

주중에는 퇴근하고 아이들 숙제를 잠깐 봐주면 하루가 간다. 아이들은 하고 싶은 것들을 참았다가 주말에 쏟아낸다. 탕

후루 사 먹으러 가기, 공원에 가서 축구하기, PC방 가기, 도서관에 가서 좋아하는 책 빌려 오기 등이다. 이처럼 아이들이 우리에게 요구하는 것은 그리 어려운 일들이 아니다.

어느 주말에는 평소에 숨쉬기 운동이 전부인 나를 끌고 모두가 동네 체육 공원에 갔다. 남편은 처음부터 무리하면 안 된다며 트랙을 여섯 바퀴 돌기로 했다.

예전의 나라면 힘들어서 못한다고 하고도 남았다. 그날은 그 정도는 걸어도 괜찮을 것 같았다. 겨울이어서 트랙 주변에 눈이 쌓여 있었다. 처음에는 아이들과 눈싸움도 하고 누가 가장 빨리 뛰는지 내기도 했다. 매일 운동하는 남편과 아이들은 쌩쌩했지만 나는 트랙을 돌수록 뒤처지기 시작했다. 남편과 진성이는 앞서 나갔고, 은성이는 뒤처진 나를 생각해서 보폭을 맞춰 걸어주었다. 아이가 나를 생각하는 마음이 감동으로 다가왔다. 이런 얘기 저런 얘기를 나누며 걸으면서 '행복하다'고 생각했다. 차가운 바람이 뺨을 스쳐 지나갔지만 따사로운 햇살 같았다. 거친 숨소리마저 기분 좋게 들렸다. 드라마 「도깨비」에는 "날이 좋아서, 날이 좋지 않아서, 날이 적당해서 모든 날이 좋았다"라는 대사가 나온다. 이 대사의 의미가 온몸으로 느껴지는 날이었다.

우리 가족이 완전체로 주말에 시간을 보낼 수 있음에 감사했다. 그렇게 함께 웃으며 뒤처진 나를 끌어주고 트랙 돌기를 완주한 이들은 나를 기다려준다. 이들이 있기에 나의 일상이 풍성해진다. 산책에 가까운 운동 후에는 몸을 녹이기 위해 카페에서 차 한잔으로 한 주의 에너지를 충전했다.

어린 시절 친구들과 엄마, 아빠 역할 놀이를 할 때 나는 아이에게 잔소리하는 엄마도 되었다가 남편에게 바가지 긁는 아내도 되었다. 매일 가족에게 잔소리하는 악역을 맡은 엄마지만, 역할 놀이는 항상 행복하게 사는 것으로 끝났다. 친구들과 헤어지고 집에 갈 때 나는 과연 역할 놀이처럼 단란한 가정을 이루고 살 수 있을까 하는 의문을 품었다. 다른 친구에게는 역할 놀이가 실전에 임하기 전의 예행연습 같았다면, 나에게는 잡히지 않는 안개와도 같았다.

남편을 만나면서 의문점은 현실이 되었다. 나에게도 '가족'이라는 울타리가 생겼다. 아이들과 저녁을 보낼 수 있는 일상이 주어졌다. 나는 빈틈 많은 엄마고, 때로는 아이들보다 나를 먼저 생각한다. 그럼에도 아이들은 퇴근하는 나를 기다린다. 현관문을 직접 열어주면서 학교에서 있었던 일, 자기들끼리 싸운 일들을 쏟아내는 이야기를 듣고 싶어서 나는 퇴근길을 서두른다.

아이들이 어릴 때는 육아가 힘들어서 뻥튀기처럼 빨리 자라나길 바랐다. 이제는 쑥쑥 크는 것이 아쉽다. 아이들이 크면 클수록 우리와 보내는 시간이 점점 줄어든다. 나중에 아이들을 떠나보내는 것이 덜 아쉽도록 함께한 추억을 회상할 수 있는 밑천이 많으면 좋겠다. 내 기억 속에 아이들과의 추억을 차곡차곡 담을 시간이 충분히 허락될 수 있게 천천히, 아주 천천히 자라나면 좋겠다.

# 아이들에게 받은 근사한 선물

우리 가족이 사는 지역의 도서관 홈페이지에, 독후감 10편을 써서 제출하는 아이들에게 도서상품권을 준다는 공지가 올라왔다. 우리 아이들은 평소 책을 많이 읽기 때문에 그리 어려운 미션은 아니었다. 나는 도서상품권을 받을 수 있다고 설득하여 반강제로 신청했다.

도서상품권에 혹하여 시작했지만, 아이들은 책을 읽고 글 쓰는 것을 어려워했다. 뒤로 갈수록 책을 읽고 느낀 점보다는 온갖 미사여구와 줄거리만 잔뜩 썼다. 나는 이것 또한 목표를 가지고 자기 생각을 정리하며 쓰는 훈련이라 생각했기에 크게 지적하지 않았다.

아이들은 책을 읽으면서 모르는 단어가 있으면 내게 묻거나 사전을 찾아보았다. 나는 아이들에게 “만약 네가 책에 나오는 주인공이었다면 어떻게 행동했을까?" 하고 묻기도 했다. 내가 생각하지 못한 대답에 웃음이 나기도 하고 배울 점도 있었다. 아이들은 몰라도, 나는 아이들과 하는 독서 활동이 좋았다.

결국 아이들은 목표를 달성하여 도서상품권을 받았다. 포기하지 않고 끝까지 해낸 것이 대견했다. 무엇보다, 아이들이 제출한 감상문 중 몇 편이 도서관에서 발행하는 문집에 실려서 무척 기뻤다. 나는 '너희 글이 실린 첫 책'이라고 오버하면서 칭찬했다.

도서상품권을 아이들이 학교 활동에서 받은 상품권과 합해 보니 액수가 상당히 컸다. 아이들은 그 돈으로 인터넷 게임을 결제하고 싶어 했다. 하지만 나는 애써서 모은 것을 의미 있게 사용하면 좋겠다고 했다. 결국 그 돈으로 모두 패밀리 레스토랑에 가기로 했다. 오랜만의 외식이어서 아이들뿐 아니라 어머님도 좋아하셨다.

식사를 마친 후 나는 아이들에게 가족을 위해 한턱내줘서 고맙다는 인사를 잊지 않았다. 그 말을 들은 은성이가 으쓱하면서 "아들에게 효도받는 기분이 어때? 키울 때는 힘들어도 효도는 두 배로 받아서 좋지?"라고 말했다. 나도 "두 배로 행복하게 해줘서 감동"이라고 오버하면서 치켜세워주었다. 그 후로도 잊을 만하면 한 번씩 한턱 쏜 것을 상기시켜주는 녀석들이 귀엽다.

아이들을 낳은 후 나는 아이들이 '장애가 있는 엄마라고 외면할까 봐' 불안했다. 그 불안은 잘못된 신념이었다. 아이들은 말로는 표현하지 않아도, 불안해하지 않아도 된다고 내게 마음으로 보여준다.

나는 자신이 완벽한 엄마가 아닌 연약한 엄마라는 사실을 들키기 싫었다. 장애 엄마라는 자명한 사실도 아이들이 알아채는 것이 두려웠다. 내 뜻대로 움직이지 않는 것이 야속했다. 내가 정한 기준을 따라오는 것을 벅차하는 것을 알면서도 외면했다. 아이들에게 위로나 기다림 대신 "그것밖에 못 하냐?"라면서 다그쳤다. 대항할 힘이 없는 작고 여린 아이들에게 내 감정을 쏟아냈다.

잘못은 나에게 있었지만 아이들의 사과를 기어코 받아내는 치졸한 엄마였음을 고백한다. 나는 자주 화를 내고 감정을 조절하지 못했다. 그 화는 아이들이 아니라 나의 내면에서 왔다. 불안을 감추기 위한 수단이었다.

하지만 아이들을 오래 키우면서 내 불안은 옅어지고 있다.

아이들은 나에게 불안 대신 근사한 엄마가 될 수 있다는 용기를 선물로 주었다. 아마도 엄마가 되지 않았다면 알 수 없었을 감정이다.

돌이켜보면 내가 힘들어서 아이들을 아프게 하고 그 마음을 헤아려주지 못한 것이 미안하다. 나는 조그마한 일에도 흔들릴 정도로 자존감이 거의 무너져 있었다. 이제는 따스한 엄마, 언제나 내 편이 되어주는 엄마라는 믿음을 주고 싶다. 나는 '좋은 엄마가 될 거야'라는 따위의 거창한 다짐은 하지 않는다. 그게 생각처럼 쉽지 않다는 것을 알았기 때문이다. 대신 내가 할 수 있는 것들을 해주기로 했다. 그저 힘들다고 하면 힘껏 안아주고 싶다. 그럴 때 아이들에게 나의 온기가 전해져 위로해주기를 바란다.

아이들에게 받은 큰 선물에 힘을 얻고 자존감이 회복되고 있다. 연약해서 흔들리는 엄마가 포기하지 않도록 기다려준 아이들이 감사하다. 연약하더라도, 자신들을 사랑하는 것을 의심하지 않고 믿음을 가질 수 있도록 노력하는 엄마가 되고 싶다.

# 엄마와 아이는 동시에 성장해야 한다

육아 과정에서 가장 힘들었던 시기는 아이들이 한 살 때였다. 그때는 나의 힘으로 통제할 수 있는 것이 없었다. 아침에 눈을 뜨면 제일 먼저 떠오르는 생각이 '오늘은 밥을 제대로 먹을 수 있을까? 아이들은 새벽에 몇 번이나 일어날까?'였다.

밤에 자지 못해서 몽롱한 기분으로 하루를 시작했다. 아이들이 동시에 패턴에 따라 우유 먹고 잠들면 한숨을 돌릴 틈이 있었다. 쌍둥이의 컨디션은 제각각 달랐기 때문에 그런 날은 흔치 않았다.

유독 아이들 잠투정이 심한 날도 있었다. 겨우 재워도 쪽잠을 자고 일어나 보채곤 했다. 그럴 때 나는 이성을 잃고 아이들에게 화를 쏟아냈다. 감정이 의지대로 조절되지 않았다. 아이들이 사랑스럽지만 어떨 때는 정말 미웠다.

나는 변함없는 일상에서 아이들만 돌보는 일에 지쳐 있었다. 그 시기에는 짜증의 원인이 내가 엄마로서 부족하고 장애가 있어 완벽하게 해내지 못하기 때문인 줄 알았다. 나에게만 찾아오는 것이 아니라 아이 키우는 엄마라면 누구나 겪게 되는 감정이었다.

짜증이 난다는 것은 자신이 지쳐 있다는 증거다. 그때는 해야 할 일들을 잠시 내려놓고 쉬어야 한다. 집 안이 조금 엉망이라도 세상에 큰일이 나지는 않는다. 잠시 쉼을 통해 방전된 에너지를 충전하기 위해 일을 미뤄야 한다.

쉼이 필요한 이유는 결코 엄마가 게을러서가 아니다. 자신을 위해 틈틈이 시간을 쓴다고 해서 이기적인 엄마인 것은 절대 아니다. 그러나 대부분의 엄마는 자신이 회복하고 성장하는 것을 주저한다. 괜히 아이들에게 미안한 감정을 지니고 죄책감마저 짊어진다. 그럴 필요 없다. 좀 더 나은 엄마가 되기 위한 과정이다. 자신을 잘 돌봐야 아이도 잘 자란다.

그 시절 나는 아이를 보살피는 것이 제일 중요하다고 생각했다. 엄마인 자신을 챙길 필요가 있다는 것은 나중에 알게 되었다. 자신을 돌아볼 여유가 생겼을 때 자기 상태를 인지할 수 있다. 그래야 아이를 향한 분노를 거둘 수 있다. 하지만 그때는 엄마로서 역할을 다해내야 한다고 생각했다. 주로 아이들이 자는 틈을 이용해 아이들 빨래와 청소를 하고 이유식을 만들었다. 그 계획이 틀어지면 아이들에게 짜증을 냈다. 그 일들은 당장 하지 않아도 아무 문제가 생기지 않는다. 다만 '장애가 있는 엄마라서 못한다'라는 말을 듣기 싫어서 잘하고 싶은 욕심이 앞섰기 때문이었다.

아이를 키우는 시기에는 아이뿐만 아니라 엄마도 함께 성장한다. 그렇기에 아이와 엄마의 관계에서 어느 쪽이 더 중요한지를 가릴 수 없다. 육아는 장기전이므로 페이스를 조절하면서 서두르지 않아야 한다. 에너지를 쓰기만 하고 채우지 않으면 우울해진다. 그 우울의 원인은 육아로 인해 자신의 성장이 멈춰 있다는 생각에서 비롯되는 것 아닐까.

내가 아이들을 이성적으로 대할 수 있었던 시기는 아이들이 어느 정도 자란 시기가 아니었다. 내가 하고 싶은 것들을 할 수 있을 때였다. 독서하고 피아노를 배우는 시간이었다. 주어진 시간은 비록 1시간이었지만 그때가 기다려질 만큼 내게는 소중했다. 그 시간이 있었기에 고갈된 에너지를 충전할 수 있었다. 자신에 대한 투자는 거창하지 않아도 된다. 밀린 드라마를 보거나 햇볕을 쬐는 등 기분 전환할 수 있는 무언가가 필요하다는 것이다.

아이를 위해 애쓰고자 하는 마음만 있으면 이미 충분히 엄마로서 자격이 주어졌다고 할 수 있다. '엄마라는 역할'에 너무 얽매일 필요는 없다. 좋은 엄마의 기준은 무엇일까? 예전에는 아이에게 헌신하는 엄마라고 생각했다. 육아도 척척 잘해야 좋은 엄마라고 부를 수 있다고 여겼다. 지금은 생각이 달라졌다. 좋은 엄마란 아이뿐만 아니라 자신도 균형 있게 돌보는 사람이다.

한편으로는 육아의 힘듦을 먼저 겪은 선배들이 육아를 시작하는 엄마들이 비슷한 어려움을 겪지 않도록 성장하고 노력하는 모습을 응원하는 지지자가 되어주면 좋겠다.

# 아이 손톱을 깎아줄 때의 기분

아이를 키우면서 전적으로 남편이나 어머님의 도움을 받아야 할 때가 있었다. 예를 들어 손톱을 깎아주거나 의사의 처방대로 작은 약병에 약을 담는 일은 내가 할 수 없는 영역이었다.

부모라면 아이가 신생아 때 손톱을 잘못 깎아서 다칠까 두려워했던 경험이 있을 것이다. 나 역시 어른 손가락 두 마디보다 작은 아이들의 손을 보면서 손톱은 내가 직접 잘라줄 수 있는 영역이 아님을 알았다. 아이들이 아홉 살이 된 지금까지 내가 손톱을 잘라준 적이 없다.

어느 시각장애 엄마는 보이지 않는 눈으로도 깔끔하게 잘라주던데, 나는 떨리는 손으로 깎다가 살까지 다치게 할 것 같아서 도저히 시도해볼 수 없다. 그래서 아이의 손톱을 잘라줄 때 어떤 감정이 드는지 모른다. 아이 손톱이 길어서 내 눈에 거슬려도 당장 깎아줄 수 없다. 부탁하는 나로서는 상대방이 할 수 있는 시간까지 기다려야 한다. 과업 중심형인 내 입장에서는 손톱이 다듬어질 때까지의 시간이 고통스럽다.

아이 약도 마찬가지다. 나 혼자서 아이들을 봐야 할 때는 남편과 어머님이 약병에 점심·저녁 약을 담아두고 외출한다. 내가 할 수 있는 역할은 그 약을 시간에 맞춰 먹이는 것이다.

내가 남편에게 약을 먹여달라고 부탁하면 잘 먹이는 편이다. 그러나 가끔은 아이의 약 복용 때문에 충돌할 때가 있다. 나는 아이가 기침하면 초기에 약을 먹여 빨리 낫게 하자는 입장이다. 반면 남편은 아이 면역력을 키우기 위해 감기가 심해지면 먹이자는 입장이다. 그 과정에서 내가 폭풍 잔소리를 하면 남편은 마지못해 따른다.

결국은 나의 뜻에 따라 약을 주지만, 생각만 하면 얼마든 약을 세밀하게 조절할 수 있는 특권 아닌 특권을 가진 남편이 부럽기도 하고 그런 특권을 가지지 못한 내가 서럽기도 하다. 남편은 내가 지시 내리는 상사 같다고 하지만, 오히려 내가 보기에는 부탁해야 하는 부하 직원 같다. 똑같은 상황에서 받아들이는 점이 서로 달라서 웃기기도 하다.

한번은 남편이 아이 약을 미리 약병에 담아놓지 않고 출근해서 내가 당황한 적이 있다. 그 모습을 본 아이가 자신이 약병에 넣어보겠다고 했다. 그 당시는 아이가 초등학교도 들어가지도 않은 어린아이였기 때문에 눈금에 맞춰 넣어야 하는 부분까지 따르는 것은 어려워했다. 그래서 나는 아이에게 눈금을 보면서 조금씩 해보라고 했다. 처방에 맞춰 세밀하게 몇 밀리리터까지 약이 차오를 때까지 아이에게 "조금만 더", "그만"을 반복적으로 외쳤다. 우리의 합동작전 덕분에 무사히 제시간에 약을 먹일 수 있었다. 아이는 스스로 약병에 약을 담았다는 사실에 뿌듯해하는 것 같았다. 나는 그때 이름 모를 통쾌함을 느꼈다. 드디어 남편과 실랑이할 필요가 없어졌다. 약을 줄 수 있는 특권을 가진 사람이 남편이 아니더라도 두 명이나 더 생겼기 때문이다.

내가 다른 엄마들처럼 더 많이, 더 오래 아이들을 도와주지 못하는 사실에 미안해한다고 해서 문제가 해결되는 것은 아니다. 내가 못해주는 부분만 생각하면 끝이 없다. 그 사실을 알고 스스로 괜찮다고 최면을 걸어도 한 번씩은 복잡한 감정이 나를 괴롭힌다.

아이에게 부족한 엄마, 자질이 부족한 엄마라는 생각에 몰

두하다 보면 한없이 작아지는 나를 발견한다. 그냥 인정하고 받아들여야 한다. 못해주는 부분에 미련을 갖지 말자. 너무 심각하게 받아들이지도 않기로 했다. '엄마'와 관련된 말에 워킹맘이 있듯이 장애 엄마도 있다는 것을 알려주자. 워킹맘으로 직장에서 일하기 때문에 채워주지 못하는 부분에 관해서는 미안한 마음이 있다. 내가 아이들을 사랑하지 않는 것도 아니다. 엄마로서 최선을 다하고 있다. 다만 나도 워킹맘이 아이에게 가지는 정도의 미안한 마음만 가지기로 했다.

우리 아이들은 자신들이 알아서 해야 할 부분을 또래보다 빨리 시행착오를 겪으면서 배워나간다. 조금 일찍 자립을 준비하는 과정이라고 생각하기로 했다. 그렇게 시선을 전환하고 나니 마음이 훨씬 가벼워졌다.

아이들은 장애 엄마로 인해 자신들이 알아서 하는 부분에 대해 억울해하지 않는다. 단지 엄마가 장애인이라는 사실을 까먹고 부탁했다가 내가 해줄 수 없는 부분이라고 상기시켜주면 아차 하는 경우는 종종 있다. 그럼 평소 나를 '불편한 엄마', '본인들에게 도움 되지 않는 엄마'로 인식하기보다 장애를 자연스럽게 받아들이고 본인들과 똑같이 바라봐주는 것 같아서 안도감이 느껴진다.

# 여성에게 주어지는 지위에서의 해방

2010년 나와 결혼한 남편은 14년째 육아와 가사를 나누어 충실히 이행하고 있다. 10년 넘게 결혼 생활을 하면서 남편에게 차마 묻지 못한 것이 있었다. 그동안은 나와 같은 생각을 하고 있을까 봐 두려웠다. 이제는 아이들도 어느 정도 커서 손이 덜 가기에 불쑥 남편에게 물어보았다. '나와 결혼하고 다른 집 남편보다 육아를 더 많이 도와주는 것에 대해 억울한 면이 있었는지?'

남편은 내 물음에 답하기 전에, 도와주는 것이 아니라 같이 하는 것이라면서 질문을 정정했다. 전적으로 본인이 다 했다면 억울한 면이 있었겠지만, 같이 하고 있다고 보기에 그런 생각은 하지 않았다고 한다. 어쩌면 이 대답도 나를 배려했기 때문일 수도 있다.

나는 더 구체적으로 물었다. 만약 내가 장애인이 아니었다면 육아나 가사에 조금은 덜 신경 쓰거나 나보다 더 많은 역할을 하지 않아도 되었을 텐데 하고 억울함을 느끼지 않았냐고.

남편은 '가사나 육아에서 남녀 역할은 정해져 있지 않고 각자 잘하는 분야를 하는 것'이라고 생각한다고 했다. 때로는 귀찮을 때도 있지만, 그때는 나를 원망하기보다는 본인이 돈을 많이 벌지 못해서 돈으로 해결할 수 없는 것에 아쉬움이 남는다고 했다. 다만 자신이 생각할 때 굳이 안 해도 될 것 같은데 내가 부탁해서 마지못해 해야 할 때가 있다고 한다. 예를 들어 아이들이 크게 아픈 것 같지도 않은데 내가 병원에 가야 한다고 말할 때였다. 그동안 손해 보는 느낌이 들었다는 말을 들을까 봐 참고 남편에게 괜히 미안한 마음을 품은 세월이 허탈해지면서 가슴속의 돌덩이가 내려가는 듯했다.

남편은 내 장애 때문에 가사와 육아를 분담하지는 않았다. 그저 남녀관계를 떠나 파트너로서 자신이 잘하거나 즐겁게 하는 가사 업무를 분장한 것이라고 했다.

평소의 태도를 보면 그 주장은 신빙성이 크다. 나는 명절마다 양가에 똑같은 선물을 준비하고 용돈을 드리는 것이 당연한 일이 아니었음을 주변 이야기를 통해 알았다.

어쩌면 남편은 남녀관계를 벗어나 파트너로서 나와의 관계를 설정한 것 같다. 만약 그의 사고가 가부장적이었다면 나는 며느리, 엄마, 아내 역할을 잘 수행하지 못해서 자괴감에 빠지고 장애를 원망했을 것이다. 남편은 수년간 페미니즘 관련 스터디에 참여하며 내면의 가부장제적 사고를 없애고자 노력하는 나보다도 훨씬 개방된 사고의 소유자다.

그의 말대로 가족 안에서 성별에 따라 역할을 구분할 필요는 없다. 그럼 여자에게 주어지는 며느리, 아내, 엄마 역할에 충실하지 못할 수도 있다는 막연한 죄책감에서 벗어날 수 있다.

남편이나 시부모님은 나에게 그러한 역할을 강요하지 않았다. 괜히 나 혼자 제 발이 저렸다. 아마도 내 엄마가 가정 내에서 하던 역할을 보고 자라왔기 때문일 것이다. 수십 년간 틀에 박힌 구식 사고를 단숨에 고치기는 어렵겠지만, 보란 듯이 집안일을 잘해내고 아이들이 먹고 싶다는 음식이 있으면 제때 척척 요리하는 등의 내가 잘하지 못하는 일에 얽매이거나 자책하지 않아야겠다.

오늘부로 현모양처가 되어야 한다는 틀에 얽매이기보다는 그저 가족 구성원으로 내가 할 수 있는 역할을 충실히 해내고 싶다.

| 주 |


1 김호연 외, 『장애인 모·부성권 증진을 위한 실태조사』, 국가인권위원회, 2018.

2 윤소연, 『그냥 엄마』, 시공사, 2022, 231쪽.

3 윤소연, 『그냥 엄마』, 시공사, 2022, 285쪽.

4 김재완, "분유 탈 때마다 몇 번씩 반복… 장애母에겐 일상이 전쟁인 '출산·육아'", CBS 노컷뉴스, 2022. 11. 24.

5 김호연 외, 『장애인 모·부성권 증진을 위한 실태조사』, 국가인권위원회, 2018.

6 이명환, "유전 가능성 희박한데… 장애인 출산에 차별적 시선 여전", 연합뉴스, 2020. 3. 28.

7 황재윤, "장애인에게도 사회 안전망이 필요하다. 보험의 제 역할을 찾아서!", 한국장애인고용공단 블로그, 2023. 8. 28.

8 "마서스비니어드섬, '수어'는 모든 섬사람의 언어였다", 2022. 3. 23. https://blog.naver.com/followvirtue/222681109846.